守門員的焦慮

DIE ANGST DES TORMANNS BEIM ELFMETER

PETER HANDKE

彼得・漢德克——著　姬健梅——譯

國內外書評讚譽——

「《守門員的焦慮》是一部真正的當代小說經典，他描寫謀殺者崩潰的方式，令人聯想起了卡繆的《異鄉人》」

——《紐約時報》

「一個自毀前程的足球守門員成為了一個建築工人，整日於奧地利的邊境小鎮裡漫無目的地遊晃，令人意想不到的是，他接著尾隨並謀殺了一名電影院收銀員女子。有時，在這幾乎瓦解的世界裡，他破碎的語言體現出了恐怖與抒情的完美融合。」

——《波士頓環球報》

「……這本書裡令我感興趣的並不是它的情節，而是它的寫作方式，從這一段銜接到下一段的風格，你會突然完全被吸引，因為每一個句子都極美好，句子排列的順序霎時變得引人注目……這就是我喜歡這本書的地方。一個句子如何從這處流向他處。那種風格的確也給了我拍片的靈感，因而將電影畫面的順序，安排得與彼得．漢德克使用語言的順序相近，將影像拍得同樣真誠與準確。」

——文．溫德斯《溫德斯論電影》

「……沒有人能夠質疑諾貝爾文學獎貨真價實的讚美，作為一個作家，漢德克『憑藉著語言的獨創性探索了邊境，以及人類經驗的特殊性』，他的作品給予了文學無聲的考驗，在他的語言底下，過往的文學都顯得太過平凡了。」

——《金融時報》

「經過了半個世紀，漢德克大膽冷酷的前衛風格依然令人震撼，彷彿早已預示了厭世代之必然，無法界定那究竟是焦慮恐懼還是悲傷，在閱讀時形成了一種揮之不去的夢魘感……」

——郭強生（作家）

「他的失敗固然源於生活的失敗：守不住球門、守不住工作，但真正的失敗，在於他清醒地看世界，卻感受不到隸屬其中。」

——鴻鴻（詩人）

導讀

愁的深刻意思

鴻鴻

一九七〇年，彼得．漢德克以《冒犯觀眾》震驚世人之後四年，交出了小說《守門員的焦慮》。

一九七七年，楊牧在重版六〇年代的《葉珊散文集》時，寫了一篇新序〈右外野的浪漫主義者〉。

一個是足球場，一個是棒球場；一個是面對罰球射門壓力的守門員，一個是偷閒心懷浪漫的右外野手。但，他們的寂寞、疏離、事不關己，彷彿如一：

愁是有它深刻的意思吧，比同學們不快樂些，笑聲低一些，功課比較不在乎些。那是有些無聊，而這種無聊大概祇有棒球場上的右外野手最能體會。站在碧於絲的春草上，遠遠的，看內野那些傢伙又跑又叫，好不熱鬧，有時還圍起來開會決定戰略甚麼的，偏就不招手叫你去開會，你祇好站得遠遠的，拔一根青草梗，放在嘴巴裡嚼，有一種寂寞的甜味。

漢德克的守門員布洛赫，從建築裝配工的正職被解雇。他先是住進旅館（可能原本住宿舍），跟電影院售票小姐一夜情後，殺死了她。隨即恍若無事般，搭車前往邊境小鎮，尋覓舊識。在那裡成日與酒館老闆娘及女服務生廝混，在火車站、公園、電影院、海關之間遊蕩。耳聞一樁女童失蹤的新聞並眼見浮屍的情景，捲入一回鬥毆，最後來到運動場，看了一場球賽。他跟身邊的觀眾說，射門員一起跑，守門員的身體已暗示撲出的方向，於是射門員可以往另一個方向射門進球。「守門員的無奈就好比試圖用一根麥桿來撬開一扇門。」

這顯然是來自他的個人經驗，述說人的努力之必然徒勞，或根本是一場錯誤。然而連這分析也是錯的。因為緊接著，球員射門，不動如山的守門員順利將球攔截下來。小說就此結束。

漢德克的主角顯然是個失敗者。在小說一開頭就失業。他和售票女孩一夜情後，面對到來的白日，面臨需用言語溝通的窘境。女孩例行公事地問他住哪、要上班嗎？他不想回答又無計可脫，便忽然伸手把她扼死。漢德克完全沒有書寫內心感受，只寫他「聽見喀擦一聲，感覺像是在顛簸的田間小路上忽然有一塊石頭擊中了汽車底盤。」然後他就睡著了。

布洛赫的行兇彷彿卡繆《異鄉人》的再現，可以列入現代文學「沒有個性的人」譜系，但他的愁、他的疏離，不盡然是個人存在的焦慮，更多是來自德國七〇年代，漸趨資本主義規範化與制式化的社會中，人無法安放自己真實感受的問題。他的失敗固然源於生活的失敗：守不住球門、守不住工作，但真正的失敗，在於他清醒地看世界，卻感受不到隸屬其中。包括他的行兇，彷彿也沒有任何愧疚或被逮捕的擔憂，跟他旁觀的那些死亡並無不同，但壓力卻因而轉移到讀者身上，令人開始擔心後續發展。這種懸念直到結尾也未獲滿足，卻成功地把讀者放進了「共犯」的位置，對一切現實的蛛絲馬跡都警醒在意。殺人可視為一種手段，讓我們成為和布洛赫一樣的細節控，以明察的耳目，不得不關注作者通篇鋪陳的人事景物與耳語訊息。

由於追捕者從未出現，這些細節的意義無可著落。當然也可以將這種設計視為象徵——我們負載著原罪，最後審判卻遲未降臨。那一切行為的意義又是什麼？行善與行惡有差別嗎？當意義失效時，語言成了布洛赫唯一能確認一切存在的工具，彷彿強迫症般要想出眼前所有物件的名稱，卻令他作嘔——這讓這些物品形同它們自身的廣告。他想要解釋自己說出的每個字眼，然而，當他超前去想正在說的一句話時，他就會把話說錯——正如他超前去想射門員的方向時，他就失分了。

這種無名的龐大存在壓力，自然迥異於楊牧那種自甘閒散的寂寞。但我以為這只是自我面對不可控制的外在遊戲規則時，對同樣無可施力感受的不同詮釋。楊牧在世界翻江倒海、島內卻密閉高壓的氛圍下，回到個人的意志自由作為救贖；漢德克和溫德斯的合作，從《守門員的焦慮》到改編（或說對話）歌德小說的《歧路》，卻直面德國社會的頹敗與青年尋找目標的挫折與失落。

這部小說雖然有多具屍體、兩場球賽、一次鬥毆、幾段情緣，讀者也捉摸得出布洛赫有前妻和子女，但這些其實都無關緊要。在傳統電影觀念下，這些情節幾乎沒有因果關係，簡直不具備劇本的要素。但這與溫德斯公路漫遊式的散文電影傾向，一拍即合。然而，漢德克雖帶給溫德斯首部劇情片的靈感，但兩人表現出來的焦慮，卻不無分歧。電影版和小說即使情節結構一致，透過演員互動和影像設色，卻處處顯得趣味盎然，甚至帶有某種幽默。而小說，對布洛赫的所遇所見幾乎有聞必錄，看似細節豐富，人事紛陳，卻都蒙上一層主觀的灰階，壓抑得多，令讀者產生莫名焦慮。

溫德斯對於蕭索寂寥氛圍的掌握，十分到位，但漢德克的小說對主角心態的刻畫卻是無可取代的。布洛赫不斷與人遭遇、觀察世界，但他對世界的詮釋卻巍巍顫顫，不攻即破。布洛赫甚至懷疑每一句話、每個手勢，都平凡到可疑。「郵局女職員拿起聽筒，然後指指電話間。已經進了電話間，他自問是否有可能誤會了那個手勢，是否那個手勢根本不是打給任何人看的。」這樣的反覆思忖充斥全書，讓小鎮看似平淡的日常，充滿驚濤駭浪。布洛赫的困擾正在於符徵與符指的關係無法對應。「去符號化」之後，所有的意義都是新的，都是孤獨的人要自行賦予的。這是新地新天，卻成為個人幾乎難以承受的責任。

漢德克的小說和劇場書寫策略迥然不同，雖然兩者同樣以語言作為載具。劇場成名作《冒犯觀眾》便在質問社會語言／觀念雙位一體對行為的虛偽道德規範。其姊妹作《自我控訴》更以反諷語調自我責難，矛頭卻處處指向社會規範。這種強烈的批判火力，奠基於劇場是現場溝通的藝術，也是和觀眾互動的藝術。而小說，作為一種閱讀的個人體驗，漢德克卻將之作為展現個人感受的詩性文類。他的小說裡沒有控訴、沒有反諷，只有落寞中隱隱呈現的悲哀。而這悲哀的源頭，則要去他的劇場作品中印證。

（本文作者為詩人、作家）

「守門員眼看著球滾過了球門線……」

曾是知名足球守門員的裝配工人約瑟夫・布洛赫在上午上工報到時被通知遭到解雇。至少這是布洛赫對下述事實的解讀：當他出現在工人聚集的工寮門口，就只有工頭一邊吃著點心還抬眼看他。於是他離開了工地。在街上他舉起手臂，但是從他身旁駛過的那輛車並非計程車，而布洛赫也並非為了招計程車而舉手。最後他聽見一陣煞車聲，布洛赫轉過身去：一輛計程車停在他身後，司機出聲咒罵；布洛赫又轉過身來，上了車，讓車子將他載往納許市場[1]。

那是個晴朗的十月天。布洛赫在一個攤位旁吃了根熱香腸，接著穿過一個個攤位走向一間戲院。眼前的一切都令他心煩，他試著

1　這篇故事裡沒有地名，但是從此處提到的納許市場和後文中提到的普拉特遊樂園可知這座城市是維也納。

盡量視而不見。在戲院裡他鬆了一口氣。

先前當他一言未發地把錢擱在轉盤上，售票小姐就彷彿理所當然地用另一個動作來回應。事後這令他感到納悶。他注意到在銀幕旁邊有一個鐘面發光的電子鐘。電影放映當中他聽見一聲鐘響，久久無法確定那鐘聲是來自電影還是納許市場旁邊那座教堂的鐘塔。

又來到街上，他買了些葡萄，這個季節的葡萄特別便宜。他繼續往前走，一邊吃著葡萄，吐掉葡萄皮。他上門詢問住房的第一家旅館拒絕了他，因為他只帶著一個公事包。第二家旅館位在一條巷子裡，門房親自帶他到樓上的房間。門房才要走出房門，布洛赫就在床上躺下，很快地睡著了。

晚上他離開旅館，喝醉後又清醒過來，試著打電話給幾個朋友。由於這些朋友往往並不住在市區，而電話機又不把硬幣退出來，布洛赫很快就沒有零錢了。他向一個警察打招呼，以為這能讓對方停下腳步，但警察沒有回禮。布洛赫納悶警察是否沒有正確解讀他隔著馬路呼喊的話語，又想起戲院那個售票小姐把電影票用轉盤轉到他面前的那份理所當然。她迅速的動作令他大為吃驚，使他差點忘了把電影票從轉盤上拿走。他決定去找那名售票小姐。

當他走到戲院，玻璃櫥窗剛剛熄燈。布洛赫看見一名男子站在梯子上置換字母，把電影片名換成明天要上映的片名。他一直等到能夠讀出另一部電影的片名，才走回旅館。

第二天是星期六。布洛赫決定在旅館再多住一天。除了一對美國夫妻，早餐室裡就只有他；他聆聽那對夫妻交談，聽了一會兒，由於他曾經隨著球隊前往紐約比賽過幾次，他勉強能夠聽懂；然後他快步出門去買幾份報紙。由於是週末版，這一天的報紙特別厚重；他沒有把報紙摺起來，而是夾在手臂下，走回旅館。他又在早餐桌旁坐下，桌面已經收拾過，他抽掉夾在報紙裡的廣告；這使他心情鬱悶。他看見外面有兩個人拿著厚厚的報紙走在路上。他屏住了呼吸，直到他們走過去。這時他才發現他們就是那兩個美國人；先前他只在早餐室裡見過他們，在一張桌子旁，到了戶外他就沒有認出他們。

之後在一間咖啡館，他喝一杯自來水喝了很久，那是隨著咖啡一起端來的。偶爾他會站起來，去拿一份畫報，那幾疊雜誌擺在專門用來擺放書報的桌椅上；有一次，女服務生來把堆在他旁邊的畫報拿走，要走開時用了「書報桌」這個字眼。布洛赫一方面受不了翻閱雜誌，另一方面在沒有把一本雜誌翻閱完畢之前又無法擱下，於是試著偶爾望向街道；畫報頁面和外面不斷變換的街景之間的對比使他感到放鬆。走出咖啡館時他自己把畫報放回那張桌子上。

納許市場上的攤鋪已經關閉。有一會兒，布洛赫把腳前那些被丟棄的蔬菜水果順勢往前踢。他隨便在那些攤位之間找了個地方解決內急，看見那些木棚的牆面上到處都是尿液的黑漬。

昨天他吐掉的葡萄皮仍舊躺在人行道上。當布洛赫把鈔票放在收銀轉盤上，紙鈔在轉盤轉動時卡住了；布洛赫有了說話的理由。售票小姐回答了。他又說了點什麼。由於這不太尋常，售票小姐看了他一眼。於是他又有了理由再說點什麼。又進了戲院，布洛赫想起售票小姐旁邊擺著的廉價小說和電水壺；他往後靠，開始分辨銀幕上的細節。

傍晚時他搭電車出城到體育場去。他找了個站位，後來卻坐在他始終尚未扔掉的報紙上，並不在乎前面的觀眾阻擋了他的視線。

在比賽進行中，大多數人都坐了下來。沒有人認出布洛赫。他把報紙留下，把一個啤酒瓶擱在上面，在比賽結束的哨音響起之前離開了體育場，以避開人潮。這是一場熱門賽事，體育場前有很多輛幾乎無人的公車和電車在等候，數量之多令他吃驚。他坐上一列電車。車上幾乎就只坐了他一個人，他坐了很久，直到他開始等待。裁判是否延長了比賽？布洛赫抬起頭來，看見太陽正要西沉。他垂下了頭，但是並沒有想要藉此表達什麼。

外面忽然起風了。由三聲拉長的哨音構成的終場哨音一響起，司機和查票員就幾乎在同一時間登上公車和電車，人群也自體育場裡湧出。布洛赫想像自己聽見了啤酒瓶落在球場上的聲音，同時聽見了塵沙拍打著車窗玻璃。之前在戲院裡他往後靠，此刻，當觀眾湧進電車車廂，他則是向前傾。幸好他身上帶著那部電影的節目單。他覺得彷彿有人剛剛打開了體育場的泛光燈。這個念頭真荒唐，布洛赫說。他是個在泛光燈下表現很差的守門員。

在市區裡他試著尋找電話亭，找了好一會兒；當他找到一間無人的電話亭，發現聽筒被扯斷了躺在地上。他繼續往前走，在西火車站終於打成了電話。因為是星期六，他幾乎什麼人也沒聯絡上。等到總算有個他從前認識的女子接了電話，他說了好一會兒，她才知道他是誰。他們約在西火車站附近的一間餐館碰面，布洛赫知道那間餐館有一架點唱機。為了打發時間，等待女子來到，他把硬幣投進自動點唱機，讓其他人按鈕選歌，一邊打量著牆壁上的足球員照片和簽名。幾年前，國家隊的一名前鋒租下了這間店面，此人後來去了海外，擔任一支狂野的美國足球聯盟隊伍的教練，該聯盟如今已經解散，他在彼處下落不明。布洛赫和一個女孩聊起來，她坐在點唱機旁邊那一桌，胡亂伸手往後按，總是選到同一張唱片。她和他一起離開那家店。他試圖帶她走進最近的一棟樓房入口，可是四處的樓房大門均已鎖上。等到一扇大門得以打開，根據歌聲來判斷，可知在第二道門後正在舉行禮拜儀式。他們走進位在兩道門之間的電梯，布洛赫按下最高樓層的按鈕。電梯尚未啟動，女孩就想要出去，於是布洛赫按下二樓的按鈕；他們在二樓出了電梯，站在樓梯間裡，這時女孩溫柔起來。他們一起爬上樓梯。電梯停在頂樓；他們進了電梯，下樓，回到街上。

布洛赫陪著女孩走了一會兒，然後他掉頭，又走回那家餐館。原本約好的那女子已經在等他，大衣尚未脫掉。在點唱機旁那一桌，女孩的女伴還在等待，布洛赫向她說明那女孩不會回來了，然後就和那女子一起離開了餐館。

布洛赫說：「妳穿著大衣，但我沒穿，我覺得自己很可笑。」女子挽起他的手臂。為了把手臂抽出來，布洛赫假裝要拿點東西給她看，卻又不知道該拿什麼給她看。他忽然有了個念頭，想要買份晚報。他們走過好幾條街，都沒有看見賣報的人。最後他們搭公車前往南火車站，可是火車站已經關閉。布洛赫作出吃驚的樣子，而事實上他也的確吃了一驚。還在公車上時，女子打開了手提包，把玩著提包裡的各種東西，藉此向他暗示她不太舒服。這時布洛赫對她說：「我忘了留張紙條」，雖然他並不知道他用「紙條」和「留」這兩個字眼究竟指的是什麼。總之，他獨自坐上一輛計程車，前往納許市場。

由於戲院在星期六有夜場，布洛赫甚至還到得太早。他走進附近一家自助式餐廳，站著吃了一塊煎肉餅。他試著在最短的時間內說個笑話給女服務生聽；當時間到了，而笑話尚未說完，他一句話說到一半就打住，付了錢。女服務生笑了。

在街上他遇到一個熟人向他討錢。布洛赫斥罵他。當那個醉漢抓住布洛赫的襯衫，街道暗了下來。醉漢嚇了一跳，鬆開了手。布洛赫原本就料到戲院的霓虹廣告會熄燈，快步走開了。在戲院前他遇到了那個售票小姐，她正要坐上一名男子的車。

布洛赫朝她望過去。她已經坐在汽車前座，在座位上把身下的洋裝拉拉平整，以此回應他的目光；至少布洛赫把這個動作理解成她的回應。沒有意外事件發生；她拉上車門，汽車開走了。

布洛赫回到旅館，發現旅館的前廳亮著燈，但是空無一人；當他從鉤子上取下鑰匙，一張摺起來的紙片從隔層裡掉出來；他打開紙片：是帳單。布洛赫手裡拿著紙片，仍站在前廳裡打量著擺在門邊的一口皮箱，這時門房從置物間裡走出來。布洛赫立刻向他要一份報紙，同時看進置物間敞開的門裡，門房之前顯然是在裡面睡著了，在他從前廳搬進來的一張椅子上。門房把門關上，因此布洛赫就只還來得及看見一具矮矮的人字梯，上面擺著一個湯缽。門房走到櫃檯後面之後才開口說話，但是布洛赫已經把關門的動作理解為拒絕，於是走樓梯上樓回他的房間。在那條相當長的走道上，他只在一個房間門口看見了一雙鞋。進了房間，他沒有解開鞋帶就把鞋子脫下，也把鞋子放在門口。他在床上躺下，立刻就睡著了。

半夜，隔壁房間裡有人在爭吵，使他醒過來一會兒；但也可能只是他的聽覺在乍醒之時過度受到刺激，於是把隔壁的聲音聽成爭吵。他用拳頭搥了一下牆壁，接著聽見嘩嘩的自來水聲。水龍頭被關掉，四周安靜下來，他又睡著了。

第二天，布洛赫被房間裡的電話吵醒。旅館問他是否要再住一晚。布洛赫看著擺在地上的公事包——房間裡沒有行李架——立刻說了「要」，隨即掛斷電話。他把鞋子從走廊上拿回來，大概因為是星期天吧，鞋子沒人擦過；他沒吃早餐就離開了旅館。

在南火車站，他在洗手間裡用電動刮鬍刀刮了鬍子，在淋浴間裡沖澡。穿衣服時，他讀了報紙的體育版和法庭報導。過了一會兒，就在他還在看報的時候——淋浴間四周相當安靜——他忽然感到舒暢。等他穿好衣服，他倚著淋浴間的牆壁，用鞋子去踢那張木板長椅。這個聲響引來了外面清潔婦的詢問，他沒有回應，又引來了一陣敲門聲。但布洛赫還是不作聲，那個婦人就從外面用一條毛巾（或是別的東西）拍打門把，然後就走開了。布洛赫站著把報紙讀完。

在火車站前面的廣場上他遇見了一個熟人，對方正打算搭車前往郊區，去擔任一場乙組比賽的裁判。布洛赫把這個消息當成一個玩笑，於是也跟著開起玩笑，表示他也可以一起去擔任助理裁判。即使當對方打開隨身攜帶的帆布袋，讓他看見裡面的一套裁判制服和一網兜的檸檬，布洛赫也像解讀對方先前所說的第一句話一樣，把這兩件東西也視為一種搞笑道具。他繼續配合對方，表示既然他要同行，就也可以替對方背這個帆布袋。甚至當他和對方坐在駛往郊區的列車上，把帆布袋擱在膝上，他都還覺得他做這一切只是在開玩笑，尤其是此刻在中午時分車廂裡幾乎空無一人。不過，無人的車廂和他不正經的舉止有何關係，布洛赫也說不上來。熟人背著帆布袋搭車前往郊區，而他，布洛赫，同車而行，他們一起在郊區一間小館裡吃了午餐，一起前往「一座道地的足球場」，如同布洛赫所說，一直到他獨自搭車返回城裡——他不喜歡那場球賽——他都還覺得這一切全是雙方面的一場偽裝。這一切都不算數，布洛赫心想。幸好在火車站前的廣場上他沒有遇見什麼人。

在一座公園邊上的電話亭裡，他打電話給他的前妻。她說一切都好，卻沒有問他什麼。布洛赫感到不安。

他坐進一家在這個季節仍在營業的庭園咖啡館，叫了一杯啤酒。過了好一會兒，仍舊沒有人把啤酒端來，他就走了；沒鋪桌巾的鋼製桌面也令他目眩。他站到一家餐館的窗前，裡面的人坐在一架電視機前面。他旁觀了一陣子。有人轉過頭來看他，於是他就離開了。

在普拉特遊樂園他捲入一場鬥毆。一個小伙子從後面迅速把他的外套拽下來卡住他的手臂，另一個小伙子用腦袋撞向他下頷。布洛赫微微屈膝，踢了前面那個小伙子一腳。最後那兩人把他推到一個糖果攤後面，揍了他一頓。他倒下了，於是他們走開。布洛赫在洗手間裡把臉和西裝弄乾淨。

他在第二區一間咖啡館裡打撞球，直到電視播放體育新聞。布洛赫請女服務生打開電視，但是看電視的態度卻好像這一切都與他無關。他邀請女服務生和他一起喝一杯。等她從正在進行一場非法賭博的後室回來，布洛赫已經站在門邊；她從他身旁走過，但沒有說什麼；布洛赫走了出去。

回到納許市場，看見裝蔬菜水果的空箱子亂七八糟地堆在那些攤位後面，他又覺得這些箱子像是一種玩笑，不是認真的。就像一些不言自明的笑話！布洛赫心想，他很喜歡觀看這些不言自明的玩笑。這種覺得一切都是偽裝和裝模作樣的印象，「把裁判哨子裝在帆布袋裡裝模作樣！」布洛赫心想，直到他進了戲院才消失。電影中一個滑稽演員在路過一家舊貨鋪時順手拿起一支喇叭，接著自然而然地試吹起來。當布洛赫認出了喇叭，接著也認出了其他所有東西，未經偽裝，毫不模稜兩可，就在那時一切偽裝和裝模作樣的感受才消失。布洛赫平靜下來。

電影結束後，他在納許市場的攤位之間等那個售票小姐。末場電影開始放映了，接著又過了一會兒，她從戲院裡走出來。為了避免從攤棚中間朝她走過去而把她嚇一跳，他繼續坐在箱子上，直到她走到納許市場裡比較明亮的地方。在其中一個無人的攤位，在拉下來的鐵皮後面，一具電話響起；該攤位的電話號碼大大地寫在鐵皮上。「空號！」布洛赫立刻這麼想。他跟在那個售票小姐後面，不是用追的。當她搭上公車，他剛好趕到，在她後面接著上了車。

他坐在她對面，但是中間隔了幾排座椅。直到在下一站上車的人擋住了他的視線，布洛赫才能夠再開始思考：她雖然看了他一眼，但顯然沒有認出他來，難道他在打了那場架之後變了這麼多嗎？布洛赫摸摸自己的臉。他覺得藉由看向車窗玻璃來查看她正在做什麼會很可笑。他從外套內袋裡抽出報紙，低頭看著那些字母，但是並沒有在讀。然後，他忽然發現自己讀了起來。一名目擊證人敘述一樁兇殺案，一個皮條客被人從近距離開槍射中眼睛。從他的後腦勺飛出一隻蝙蝠，啪地撞上了壁紙。我的心跳暫停了一下。沒有分段，接下來的句子忽然講起另一件不相干的事，講起另一個人，把布洛赫嚇了一跳。「這裡明明應該要分段的！」布洛赫心想，在嚇了一跳之後生起氣來。他穿過中間走道，走向那個售票小姐，坐在她的斜對面，以便能夠看著她；但是他沒有看著她。

當他們下了車，布洛赫看出他們在城外很遠的地方，靠近飛機場。此刻在夜裡，此地非常安靜。布洛赫走在那個女孩旁邊，但並不像是想要陪她一起走或根本就是在陪她一起走。過了一會兒，他碰了碰她。女孩停下腳步，轉過來面向他，也碰了碰他，動作之猛令他吃驚。有那麼一瞬，她另一隻手裡拿著的提包在他感覺上要比她本人更為熟悉。

他們並肩走了一會兒，隔著一點距離，沒有碰到彼此。直到在樓梯間裡他才又碰了碰她。她跑了起來，他放慢了腳步。到了樓上，他從那扇大大敞開的門認出了她的住處。在黑暗中她有了動靜，他朝她走過去，他們一拍即合。

早晨他被一陣噪音吵醒，他看出公寓窗外，看見一架飛機正要降落。機身航行燈的閃爍使他拉上了窗簾。先前由於他們始終沒有開燈，窗簾一直是打開的。布洛赫躺下來，閉上了眼睛。

閉著眼睛，一陣異樣的無力感朝他襲來，覺得自己失去了想像的能力。雖然他嘗試用各種可能的名稱來想像房間裡的物品，卻什麼都無法想像。就連那架飛機他也無法在腦海中描摹出來，雖然他剛剛才看見飛機降落，並且從過去的經驗中辨識出飛機此刻在跑道上煞住所發出的轟鳴。他睜開眼睛，看著擺放簡易廚具的角落，看了一會兒：他牢牢記住那個燒水壺，還有垂在洗碗槽邊的枯萎花朵。他才要閉上眼睛，花朵和燒水壺就又變得無從想像。他設法應付這個情況，捨棄單詞，而替這些物品造句，認為由這些句子所組成的故事能使他更容易想像這些物品。燒水壺的笛聲響起。那些花是一個朋友送給這個女孩的。沒有人把燒水壺從電爐上拿開。「要我泡茶嗎？」女孩問。全都無濟於事：當情況變得無法忍受，布洛赫睜開眼睛。他身旁的女孩還睡著。

布洛赫神經緊張起來。他若是張開眼睛，周圍的東西就來糾纏他；他若是閉上眼睛，周圍這些東西的名稱就糾纏得更厲害！「是不是因為我剛剛和她睡過？」他心想。他走進浴室，沖了個長長的澡。

等他出來，燒水壺果真在響。「我被淋浴聲吵醒了！」女孩說。布洛赫覺得這彷彿是她第一次直接對他說話。他答道他還沒有完全清醒。茶壺裡是不是有螞蟻？「螞蟻？」當煮沸的水從燒水壺裡淋在茶壺底部的茶葉上，他看見的不是茶葉而是螞蟻，他曾經把沸騰的水倒在螞蟻身上。他又拉開了窗簾。

茶罐是打開的，由於光線只從小小的圓形蓋口照射進去，內壁的反光異樣地照亮了罐裡的茶葉。布洛赫拿著茶罐坐在桌旁，盯著罐口往裡面看。茶葉的這份獨特光亮竟會如此吸引他，這使他覺得好笑，他還一邊順便和女孩說話。最後他把蓋子蓋回罐口壓緊，卻同時停止了說話。女孩不覺有異。「我叫格爾妲！」她說。布洛赫根本不想知道。她什麼都沒有注意到嗎？他問。但是她已經放上了一張唱片，是一首用電吉他伴奏的義大利歌曲。「我喜歡他的聲音！」她說。布洛赫沒有吭聲，他對義大利流行歌曲一竅不通。

當她出門去買早餐──「今天是星期一！」她說──布洛赫總算能夠好好打量一切。吃早餐時他們說了很多話。過了一會兒，布洛赫發現她說起他剛剛才告訴她的那些事，就像是已經把那些當成了她自己的事；相反地，當他提起她剛剛說過的事，他總是謹慎地引用她的話，如果改用他自己的話來述說，他就會在前面加上令人感到奇怪並且製造出距離的代詞──「那個」，彷彿害怕把她的事當成他自己的事。如果他說起那個工頭或是一個名叫史頓的足球員，要不了多久，她就能夠很熟稔地說起「工頭」和「史頓」；相反地，如果她提到一個名叫弗瑞迪的熟人或是一間叫做「史提方酒窖」的餐廳，他在回答時每次都會說：「那個弗瑞迪？」和「那個史提方酒窖？」她所說的一切都阻止了他再去多談，而她這樣隨隨便便地（這是他的感覺）使用他所說過的話，這令他心煩。

不過，這當中有幾次，交談對他而言暫時變得自然了，就像交談之於她：他問，她答；她發問，他不假思索地回答。「那是一架噴射機嗎？」——「不，那是一架螺旋槳飛機」——「你住在哪裡？」——「住在第二區。」他差點就把打架的事告訴了她。

可是後來這一切愈來愈令他心煩。他想要回答她，卻又打住，因為他認為他原本打算要說的話已是眾所皆知。她變得不安，在房間裡走來走去，找事情做，偶爾露出傻笑。時間就隨著替唱片翻面和更換唱片而流逝。她站起來，在床上躺下；他也坐到床上。他今天要上班嗎？她問。

忽然他掐住她的脖子。他一下手就使勁勒緊，她根本不可能把這當成是玩笑。布洛赫聽見外面走廊上有人說話。他怕得要命。他注意到從她鼻子裡流出一種液體。她在呻吟。最後他聽見喀嚓一聲，感覺像是在顛簸的田間小路上忽然有一塊石頭擊中了汽車底盤。唾液滴落在油氈地板上。

忐忑如此強烈，他立刻感到疲倦。他躺在地板上，無法入睡，也無法抬起頭來。聽見有人從外面用一條布巾抽打門把，他豎耳傾聽。先前並沒有聽見什麼聲音。這麼說來，他剛才想必還是睡著了。

他沒花多少時間就清醒過來，在醒來的那一瞬間就覺得自己全身上下都是敞開的，彷彿房間裡有一陣風。即便他連皮也沒有擦破，他仍幻想著全身流出了淋巴液。他站起來，用一條擦抹布把屋裡所有東西都擦了一遍。

他看出窗外：下方有人穿過草坪走向一輛貨車，一條手臂上堆滿了掛在衣架上的西裝。

他搭電梯離開這棟樓，步行了一段時間，不曾改變方向。後來他搭乘郊區公車到電車終點站，再從那裡搭電車到市區。

等他到了旅館，發現別人以為他不會回來了，已經把他的公事包收起來保管。他付帳時，旅館服務生去置物間把公事包拿來。布洛赫從一圈淺色印子看出想必曾有一個底部潮溼的牛奶瓶擺在那上面；門房在找齊零錢時，他打開公事包，發現裡面的東西也已經被檢查過；牙刷柄從皮套裡探出頭來，隨身收音機擺在最上面。布洛赫朝著旅館服務生轉過身去，但此人已經消失在置物間裡。由於櫃檯後面的空間相當狹小，布洛赫用一隻手就能把門房拽過來，接著吸了一口氣，用另一隻手對著門房的臉虛晃一拳。對方嚇得往後一縮，雖然布洛赫根本沒有打中他。置物間裡的服務生沒有動靜。布洛赫已經拿著公事包走出去了。

他剛好趕在午休之前去到公司的人事部門，領取了文件。布洛赫納悶這些文件居然還沒有準備好，職員還得要打幾通電話。他請求也讓他打通電話，打給他的前妻；小孩接起電話，立刻用一句背熟的話開頭，說媽媽不在家，布洛赫就掛斷了電話。這時文件也已備妥，他把薪資稅卡塞進公事包；當他想要向那位小姐問起尚未發放的薪資，她已經走開了。布洛赫把剛才打電話的費用數了出來，擱在桌上，離開了那棟樓。

銀行也已經打烊了。於是他在公園裡等待午休結束，直到他能從現金往來帳戶裡——他從來沒有存款帳戶——把錢領出來。由於單靠這筆錢他撐不了多久，他決定把那部還算新的電晶體收音機退回去。他搭乘公車前往他位在第二區的住處，另外還拿了閃光燈和電動刮鬍刀。到了店裡，對方向他說明，只有在他要換購新商品時，這些東西才能退貨。布洛赫又搭乘公車去他住處，把兩個獎盃、一個墜飾、兩隻鍍金的足球鞋裝進旅行袋裡帶走。那兩個獎盃當然只是複製品，分別是他的球隊在一場錦標賽和一次全國冠軍賽裡贏得的。

在舊貨鋪裡起初沒有人出來，於是他把東西從袋子裡拿出來，直接擺在櫃檯上。然後他又覺得先把東西擺出來太過理所當然，好像它們已被同意賣出，於是他又趕緊從桌上拿下來，甚至又塞回袋子裡，直到有人問起，才又擺回桌上。他瞥見在後面的架子上有一個音樂盒，盒上有個瓷娃娃舞者擺出常見的姿勢。每次他看見一個音樂盒，都會認為以前就曾見過。他沒有討價還價，立刻就接受了對方為了收購他的東西所出的第一個價碼。

接著，他把從住處取來的薄大衣搭在手臂上，搭車前往南火車站。在去搭公車的路上，他遇見了賣報的婦人，平常他都在她的書報攤買報紙。她穿著毛皮大衣，帶著一條狗走在路上。雖然每次去買報紙，在遞交報紙和零錢時，他經常看著她黑黑的指尖和她說話，此刻離開了書報攤，她似乎沒有認出他來。總之她沒有抬起目光，在他打招呼時也沒有回應。

由於每天只有少數幾班火車駛往邊境，在下一班火車發車之前，布洛赫為了打發時間而走進一家播放短片集錦的戲院，在裡頭睡覺。一下子忽然變得很亮，窗簾簌簌拉上或打開的聲音讓他覺得近得嚇人。為了弄清楚窗簾是被拉上還是打開，他睜開了眼睛。有人用手電筒照著他的臉。布洛赫打落了帶位員拿著的手電筒，走進戲院側邊的洗手間。這裡很安靜，日光照了進來；布洛赫靜靜地站了一會兒。

帶位員跟過來，揚言要報警，布洛赫擰開水龍頭，洗了手，接著按下電動烘手機的按鈕，把手伸進暖風裡，直到帶位員走開。

接著布洛赫刷了牙。他在鏡子裡看著他用一隻手刷牙，另一隻手微微握拳，怪異地舉在胸前。他聽見動畫人物吵吵嚷嚷的聲音從戲院裡傳出來。

布洛赫以前有過一個女友，他知道如今她在南方邊境經營一間餐酒館。火車站的郵局裡擺著全國各地的電話簿，他去那裡查找她的電話號碼，但沒有找到。那小鎮有幾家餐館沒有標示店主姓名；此外，布洛赫沒多久就受不了要把電話簿拿起來，因為那些電話簿倒掛成一長排，書脊向上。「臉朝下」，他忽然這麼想。一名警察走進來，要求他出示證件。

戲院的帶位員提出了申訴，警察說，一邊低頭檢查護照，又看看布洛赫的臉。過了一會兒，布洛赫決定道歉。可是警察已經把護照遞還給他，還說他去過的地方不少嘛。布洛赫沒有目送警察離開，而是馬上把電話簿放回去。有人在大喊大叫，布洛赫抬起頭來，看見前面的電話亭裡有個來自希臘的外籍工人在對著話筒說話，嗓門很大。布洛赫考慮了一下，打算不坐火車改搭巴士。他去換了車票，買了個夾香腸的小麵包和幾份報紙，果真朝巴士站走去。

巴士已經到站，不過車門還關著，幾名司機站在一段距離之外聊天。布洛赫在一張長椅上坐下，陽光照耀，他吃著夾香腸的小麵包，報紙卻擱在一邊，因為他想留到搭車那幾個小時再看。

車身兩側的行李廂還很空：幾乎沒有人攜帶行李。布洛赫在外面等了很久，直到車子後面那扇摺疊門關上，他才趕緊從前門上車，車子隨即開動。外面一聲叫喊，車子遂又停住，布洛赫沒有轉身去看；又有一個農婦帶著一個小孩上了車，孩子哭得很大聲。在車裡，孩子安靜下來，車子就上路了。

布洛赫發現他正好坐在車輪上方的座位上，他的兩隻腳從隆起的地板上滑了下去。他往後坐到最後一排，在那裡，必要時他可以輕鬆地向後看出車外。坐下時，他在後視鏡裡與司機四目相接，雖然這並不意味著什麼。布洛赫利用轉身將公事包放在身後的動作看向窗外。摺疊門大聲地喀答作響。

他前面兩排座位是面對面，車上其餘的座位都讓乘客面向前方；因此在開車之後，前後而坐的乘客幾乎都不再聊天，而坐在他前面的乘客卻在不久之後就繼續交談。布洛赫樂於聽見人們的說話聲，能夠聆聽使他心情放鬆。

過了一會兒，巴士已經駛上出城幹道，坐在他旁邊角落的一個女子提醒他，說他掉了幾枚硬幣。她說：「這是你的錢嗎？」同時從扶手和座位之間的縫隙裡抽出一枚硬幣給他看。在他和那女子之間的座位中央還躺著另一枚硬幣，是美元的一分錢。布洛赫拿起那兩枚硬幣，答道這錢大概是他先前轉身的時候掉的。由於女子先前並未注意到他曾轉身，就開始發問，而布洛赫也再回答；漸漸地，儘管他們為了要交談而坐得並不舒適，他們還是聊了一下。

說話和聆聽使得布洛赫沒有機會把硬幣收起來。它們在他手裡變得溫熱，彷彿剛從戲院售票口被推出來給他。他說這兩枚硬幣之所以這麼髒，是因為不久前在一場足球賽開賽之前被用來投擲選場地。「這我一點也不懂！」那名女乘客說。布洛赫迅速打開報紙。「頭像還是數字！」她又繼續說，於是布洛赫只好又把報紙摺起來。先前坐在車輪上方那個座位時，他先把大衣掛在旁邊的衣鉤上，當他猛然坐在垂下來的大衣下襬上，大衣的掛耳被扯斷了。這時布洛赫把大衣擱在膝上，坐在那個女子旁邊，無力抗拒。

路況變差了。由於摺疊門關不緊，布洛赫看見外面的光線穿過門縫，一閃一閃地照亮了車內。即使不看向門縫，他也能在報紙頁面上察覺光線的閃動。他一行一行地讀，然後抬起頭，打量前面的乘客。他們坐得愈遠，要盯著他們看就愈方便。過了一會兒，他注意到車裡光線的閃動停止了。外面已經天黑了。

布洛赫不習慣注意到這麼多細節，他感到頭痛，也可能是由於他那一堆報紙的氣味。幸好巴士在一座縣城裡停下，由公路旁的一間小店替乘客供應晚餐。當布洛赫在戶外稍微走動一下，他聽見裡面吧臺的香菸自動販賣機一直響個不停。

在小店前面的空地上，他看見一座電話亭亮著燈。巴士行駛時的轟鳴還在他耳中嗡嗡作響，因此電話亭前方地面上嘎吱作響的碎石聽在他耳中很舒服。他把報紙扔進電話亭旁邊的垃圾桶，把自己關進電話亭裡。「我成了一個好靶子！」他曾在一部電影中聽見一個在黑夜裡站在窗邊的人這麼說。

無人接聽電話。布洛赫又置身戶外，站在電話亭的陰影中，聽見吃角子老虎機在店裡拉上的窗簾後面叮叮咚咚地響。當他走進酒吧間，發現此處這時幾乎無人；大多數的乘客都已經出去了。布洛赫站著喝了一杯啤酒，走到走廊上：有些乘客已經坐在車裡，另一些站在門邊和司機聊天，還有一些站在比較遠的地方，背對著巴士，在黑暗中——布洛赫厭惡起這些觀察，用手在嘴巴上一抹。而不是乾脆看向別處！他看向別處，瞥見走廊上帶著小孩從洗手間出來的乘客。當他用手去抹嘴巴，他手裡有椅背上金屬握把的氣味。「這不是真的！」布洛赫心想。司機上了車，發動引擎，示意其他人也該上車了。「好像不發動引擎大家就不會明白似的。」布洛赫心想。車子開動時，迅速從車窗扔出的菸蒂在馬路上閃出點點火光。

他旁邊沒有坐人了。布洛赫縮在角落裡，把雙腿擱在長椅上。他解開鞋帶，倚著側面的車窗，看出另一側的窗外。他把雙手在後頸上交叉，用一隻腳踢掉座位上的一塊麵包屑，用下臂摀住耳朵，看著眼前的手肘。他用手肘內側壓住太陽穴，聞一聞衣袖，用下巴摩擦上臂，把頭向後仰，看著車頂的燈光。簡直沒完沒了！除了坐直，他不知道還能怎麼辦。

路邊斜坡後方的樹影在車子經過時繞著樹木旋轉。擋風玻璃上的兩支雨刷並不完全朝著同一個方向。司機旁邊的車票袋看起來是打開的。一件像是手套的東西躺在車子中央的走道上。乳牛睡臥在路旁的牧草地。否認無濟於事。

漸漸地，有愈來愈多的乘客在有人上下站才會停靠的小站下車。他們往司機旁邊一站，司機就讓他們從前門下車。當巴士停住，布洛赫聽見車頂上方的帆布篷啪啪飄動。接著巴士又停下來，他聽見外面有人在黑暗中大聲打招呼。在更遠處他認出了一個沒有柵欄的平交道。

將近午夜時，巴士停靠在邊境小鎮。在車站旁邊的旅館，布洛赫立刻要到了一個房間。他向帶他上樓的女服務生打聽那位舊識，他只記得她的前名是赫妲。女服務生能提供消息：他的這位舊識租下了鎮外不遠處的一間酒館。到了房間裡，布洛赫問站在門口的女服務生：這是什麼聲音？「有幾個小伙子還在打保齡球！」女服務生回答，說著就走出了房間。布洛赫沒有四下張望，就脫掉衣服，洗了手，躺在床上。樓下的砰砰和咕咚聲還持續了一陣子，但是布洛赫已經睡著了。

他並非自己醒來，應該是被什麼東西吵醒的。四下一片安靜，布洛赫思索著會是什麼吵醒了他；過了一會兒，他開始幻想是摺報紙的聲音使他驚醒過來。還是櫃子的嘎吱聲？一枚硬幣大概是從隨手搭在椅子上的長褲裡掉了出來，滾到了床下。他看見牆上掛著一幅版畫，畫的是當地在土耳其戰爭[2]時的景象；市民在城牆前面散步，城牆後面鐘塔裡那口鐘傾斜得很厲害，使人不得不假定鐘聲正響得急切。布洛赫想像著鐘下的敲鐘人被敲鐘繩給拽離地面的樣子，看見城外的市民全都朝城門走去；有些人用跑的，手裡抱著小孩，一條狗搖著尾巴從一個小孩的兩腿之間鑽過去，小孩似乎要絆倒。教堂鐘塔的示警小鐘也被畫成就要翻倒的樣子。床底下只躺著一根燒盡的火柴。外面走道上，在較遠的地方，又有一支鑰匙

2 此處所說的土耳其戰爭係指十六、十七世紀鄂圖曼帝國向外擴張時和奧地利所進行的多次戰爭。

「喀」地插進門鎖；他大概就是被這個聲音吵醒的。

吃早餐時，布洛赫聽說有個行動不便的學生失蹤兩天了。女服務生把這件事告訴了在這家旅館過夜的巴士司機，之後，布洛赫隔著窗戶看見司機駕著幾乎沒有乘客的巴士駛上回程。女服務生後來也走開了，於是有一會兒布洛赫獨自坐在餐廳裡。他把報紙疊放在旁邊的椅子上，讀到那個失蹤的學生並非身障，而是說話有障礙。女服務生一回來就向他說明樓上正在吸塵，彷彿她有義務向他解釋。布洛赫不知道該說什麼。接著，空啤酒瓶在箱子裡噹啷作響，被抬著穿過外面的院子。走廊上啤酒送貨員說話的聲音在布洛赫聽起來就彷彿來自旁邊的電視。女服務生曾經告訴他，老闆的母親白天就坐在隔壁的房間觀賞電視上的重播節目。

稍後，布洛赫在一家百貨店裡買了襯衫、內衣和幾雙襪子。女店員過了一會兒才從相當陰暗的庫房裡走出來，她似乎聽不懂布洛赫用完整的句子對她說的話；直到他把他想買的東西一件一件地念出來，她才又動了起來。當她拉開收銀機的抽屜，她說橡皮長靴也進貨了；就在她把那幾件東西裝在塑膠提袋裡遞給他時，她又問他是否還需要什麼：手帕？領帶？毛背心？布洛赫在旅館換了衣服，把穿過的衣物塞進塑膠袋。在外面的廣場上和走出小鎮的路上，他幾乎沒有再遇見任何人。在一棟正在施工的建築旁邊，水泥攪拌機剛被關掉，安靜到讓布洛赫覺得自己的腳步聲有點失禮。他停下腳步，打量著一座鋸木場裡覆蓋在木材堆上的黑色帆布，彷彿除了鋸木工人的低語之外還能聽見別種聲音，那些工人大概是正坐在木材堆後面吃點心。

別人向他說明過，那間酒館連同幾間農舍和海關檢查站就位在柏油路轉彎要繞回鎮上的地方；有一條小路從公路岔出去，穿過房舍之間的路面也鋪了柏油，但之後就只鋪了碎石，然後在快到邊界之前，會接上一座小橋。邊境通道則是關閉的。不過，布洛赫根本沒有問起邊境通道。

他看見一隻蒼鷹在一片田野上空盤旋。當蒼鷹就地振翅猛撲下來，布洛赫注意到他並非看著那隻飛禽的振翅和往下猛撲，而是看著田野上牠將會猛撲下來的位置；蒼鷹在俯衝中穩住，又飛高了。

經過玉米田時，布洛赫也注意到了，他沒有看到那一條條筆直延伸到玉米田另一端的小徑，只看見一叢叢濃密的玉米桿、玉米葉和玉米穗，有些玉米穗裡還有裸露的玉米粒探出頭來。還有呢？公路剛剛越過小溪，潺潺的水聲相當大，布洛赫停住了。

在酒館裡他遇見正在沖洗地板的女服務生。布洛赫問起老闆娘。「她還在睡！」女服務生說。布洛赫站著點了一杯啤酒。女服務生從桌上搬下一張椅子。布洛赫從桌上搬下第二張椅子，坐了下來。

女服務生走到吧臺後面。布洛赫把一雙手擱在桌上。女服務生彎下腰，打開酒瓶。布洛赫把菸灰缸推開。女服務生走過來時從另一張桌上拿了一個啤酒杯墊。布洛赫把坐著的椅子向後挪。女服務生拿起套在酒瓶上的玻璃杯，把杯墊擺在桌上，把杯子擱在杯墊上，把啤酒倒進杯子，把酒瓶擱在桌上，走開了。又來了！布洛赫不再知道他該做什麼。

終於他瞥見一滴水珠沿著杯子外緣往下流，也瞥見牆上有個時鐘，指針由兩根火柴構成；一根充當時針的火柴被折斷了；他沒有看著那滴往下流的水珠，而是看著水珠大概會落在杯墊上的位置。

女服務生此刻在替地板打蠟，問他是否認識老闆娘。布洛赫點點頭，但是等到女服務生抬起頭來，才說了聲「是的」。

一個小孩跑進來，沒有把門關上。女服務生要他回門口去，他在門口把靴子擦乾淨，在第二次提醒之後關上了門。「老闆娘的女兒！」女服務生解釋，隨即把小孩帶進廚房。等她再度走進來，她說，幾天前有個男的來找老闆娘。「他佯稱有人找他來挖井。她本來馬上就想打發他走，可是他不死心，直到她讓他看了地下室，在那裡他立刻拿起一把鐵鍬，她只好找人來幫忙，要他離開，而她……」布洛赫剛好還來得及打斷她的話。「從那以後那孩子就害怕挖井的人會再回來。」不過，在這當中，一個海關關員走進來，在吧臺邊喝了一杯烈酒。

那個失蹤的學生回家了嗎？女服務生問。海關關員回答：

「沒有，還沒有找到。」

「他也不過才失蹤了兩天。」女服務生說。海關關員答道：

「可是夜裡已經相當冷了。」

「至少他穿得夠暖。」女服務生說。對，他是穿得夠暖，海關關員說。

「他不可能走遠。」他又說。他走不了多遠的，女服務生又說了一次。布洛赫瞥見在自動點唱機上方有一副受損的鹿角。女服務生解釋那是來自一隻誤闖地雷區的公鹿。

他聽見廚房裡有些聲響，當他仔細聆聽，聽出那是人聲。女服務生對著關上的門喊，老闆娘在廚房裡回答。她們就這樣聊了一會兒。然後，答話答到一半，老闆娘走了進來。布洛赫向她打了招呼。

她在他的桌旁坐下，不是坐在他旁邊，而是坐在他對面，把雙手在桌下擱在膝蓋上。透過敞開的門，布洛赫聽見廚房裡的冰箱嗡嗡作響。孩子坐在旁邊，吃著一塊麵包。老闆娘看著他，彷彿太久沒見到他了。「我們好久沒見了！」她說。布洛赫向她編了個故事，關於他何以來到此地。隔著那扇門，離得相當遠，他看見那個小女孩坐在廚房裡。老闆娘把一雙手擱在桌上，把手掌翻開來又再蓋上。女服務生端來布洛赫替她點的飲料。哪一個「她」？冰箱在此刻無人的廚房裡震動。布洛赫從門裡看見廚房桌上的蘋果皮。桌下擺著一個堆著蘋果的大碗，幾顆蘋果滾了下來，零星散落在地板上。門框一根釘子上掛著一件工裝褲。老闆娘把菸灰缸推到自己和他之間。布洛赫把酒瓶擺到一邊，她卻把火柴盒放到面前，還把她的杯子也擺過去。最後布洛赫把他的杯子和酒瓶推到那些東西的右邊。赫妲笑了。

那個小孩走進來，在老闆娘身後靠在椅子上。她被派去拿廚房裡用的柴火，可是當她用一隻手開門時，卻讓木柴掉落下來。女服務生拾起柴火，拿進廚房，小孩則又在老闆娘背後靠在椅子上。布洛赫覺得這些過程似乎可以被用來對付他。

有人從外面敲著窗戶，但馬上就又走開了。是地主的兒子，老闆娘說。接著外面有一群孩童經過，其中一個快步走近，把臉貼在窗玻璃上，然後又跑走了。「學校放學了！」她說。接著室內暗了下來，因為外面有輛運送家具的車子停在馬路上。「我的家具送來了！」老闆娘說。布洛赫鬆了一口氣，因為他可以站起來，幫忙把家具搬進來。

衣櫃的門在搬動時打開了。布洛赫用腳去踢，把櫃門關上。等到衣櫃擺進臥室裡，櫃門又開了。一個搬運工將鑰匙交給布洛赫，於是他把櫃門鎖上。不過他不是物主，布洛赫說。漸漸地，當他說些什麼，他自己又在話中出現。老闆娘邀他吃飯。原本根本就打算要住在她這兒的布洛赫拒絕了。不過他晚上想再回來。赫妲從擺放家具的房間裡對他說話，在他已經要走出去時回答了他；至少他覺得彷彿聽見她在大聲說話。他又走回酒吧間，但是透過到處都敞開的門，他只看見女服務生在廚房裡站在爐灶旁，老闆娘在臥室裡把衣服收進衣櫃，小孩則在酒吧間一張桌子旁寫功課。大概是先前走出去時，他錯把爐子上煮開的沸水聽成了一聲叫喚。

要看進海關檢查站的房間是不可能的，雖然窗戶開著；但從外面往裡面看，那個房間太暗了。不過室內的人想必看見了布洛赫，他察覺了這一點，是由於他在經過時屏住了呼吸。房間裡有可能沒人在嗎？儘管窗戶大大敞開著？為什麼說「儘管」？有可能房間裡沒有人，只因窗戶大大敞開著？布洛赫回頭看：甚至有人挪開了窗台上的一個啤酒瓶，為了目送他走開。他聽見一個聲響，像是有個瓶子滾到了沙發底下。不過，海關檢查站裡想來不會擺著沙發。直到走得很遠了，他才明白那個房間裡有人打開了收音機。布洛赫走在公路轉彎要繞回鎮上的彎道上。一會兒，他鬆了口氣跑了起來，眼前的公路如此一目了然地通往鎮上。

有一陣子他在房舍之間四下走動。在一間咖啡館，他在老闆啟動了點唱機之後選了幾張唱片；唱片尚未播放完畢，他就走了；在外面他聽見老闆又拔掉了插頭。長椅上坐著等待公車的學童。

他在一個水果攤前停下，但是站在離得很遠的地方，使得水果攤後面的婦人無法向他打招呼。她看著他，等著他走近一步。站在他前面的一個小孩說了些什麼，但是婦人沒有回答。接著一名憲兵從後面走近，當他站得離水果攤夠近，婦人立刻就向他打招呼。

這個鎮上沒有電話亭。布洛赫試著從郵局打電話給一個朋友。他在櫃檯前面的一張長椅上等待，但是電話沒有接通。郵局女職員說這個時段線路太忙。他罵了她幾句，走開了。

當他在小鎮外圍經過一座游泳池，他看見兩名憲兵騎著腳踏車迎面而來。穿著披風！他心想。當他們停在他面前，果然穿著披風，下車時甚至沒有取下褲管夾。布洛赫又覺得自己彷彿看著一座音樂鐘，彷彿這一切他都曾經見過。他沒有鬆手放開圍欄上通往泳池的那扇門，雖然門是鎖著的。「游泳池關閉了。」布洛赫說。

憲兵說了幾句慣常會說的話，卻似乎另有所指；總之他們故意把「走開（Geh weg）！」說成「人行道」（Gehweg），把

「切記」（beherzigen）說成「貝歐山羊」（Becher-Ziegen），也故意把「表明理由」（rechtfertigen）說成「及時完工」（zur rechten Zeit fertig），把「出示證明」（ausweisen）說成「粉刷」（ausweißen）[3]。這究竟有什麼意義呢？憲兵是在告訴他，農夫貝歐家的山羊趁著這扇門打開的時候闖進了這座尚未開放的社區泳池，把裡面的東西全弄髒了，就連泳池附設咖啡館的牆面也弄髒了，所以必須要重新粉刷，而泳池也無法及時完工；因此布洛赫也該讓那扇門保持關閉，待在人行道上？憲兵像是在嘲諷，在繼續騎車前行時沒有依慣例道別，或者只是隱約道了別，彷彿想藉此表達些什麼。他們沒有回頭看。布洛赫為了表明自己沒有要遮掩什麼，

3 這四組字詞在原文裡的發音相近。

仍舊站在圍欄旁邊，看進空蕩蕩的泳池；「就像走到櫥櫃前面想拿點東西出來，窺看著打開的櫥櫃」，布洛赫心想。他想不起來他原本想在游泳池做什麼。反正天也黑了，小鎮邊緣公共住宅的門牌已經亮起。布洛赫走回鎮上。當兩個女孩經過他身旁往火車站跑去，他在她們背後喊。她們一邊跑一邊轉過頭來回喊。布洛赫餓了。他在旅館的餐廳吃飯，隔壁房間裡已經聽得見電視的聲音。稍後，他拿著杯子走進去觀看，一直看到節目收播，螢幕上出現檢驗圖。他要了鑰匙，上了樓。就在半睡半醒之際，他以為聽見了外面有輛沒有開燈的汽車開動。他還徒勞地尋思他為何偏偏想到一輛沒有開燈的汽車，他想必就在這時候睡著了。

布洛赫被街上垃圾桶倒進垃圾車裡的砰砰聲響給吵醒；可是當他向外望，發現是剛剛開走的巴士關上了摺疊門，在更遠的地方則是牛奶罐被放在牛奶加工廠的裝卸平台上；在這鄉下地方並沒有垃圾車；誤會又開始了。

布洛赫看見女服務生站在門口，抱著一疊毛巾，最上面是一支手電筒；他還來不及讓她注意到他，她就又出去站在走道上。隔著門她才道了歉，但是布洛赫沒聽懂，因為他同時也在喊她。他跟著她到走道上，她已經在另一個房間裡；回到他房間，布洛赫鎖上了房門，格外響亮地上了兩道鎖。稍後他追上已經在好幾個房間之外的女服務生，向她解釋那是個誤會。女服務生把一條毛巾掛在洗手臺上，一邊回答，是的，那是個誤會，先前在走道盡頭，遠遠地她大概是把樓梯上的巴士司機誤認為是他，以為他已經下樓了，所以才進了他的房間。布洛赫站在敞開的門裡，說他指的不是這件事。可是她剛剛擰開了水龍頭，於是請他把那句話再說一次。布洛赫答道，這些房間裡有太多衣櫥、箱子和五斗櫃。女服務生回答，是的，而旅館裡人手太少，剛才她會認錯人就證明了這一點，因為她太累了。布洛赫說他提到櫥櫃不是這個意思，而是在房間裡很難走動。女服務生問他這話是什麼意思。布洛赫沒有回答。她把髒毛巾揉成一團，藉此解釋他的沉默，或者應該說，是布洛赫把揉毛巾理解為她對他的沉默所作的回答。她把毛巾丟進籃子裡；布洛赫還是沒有回答，使得她——他認為是這樣——拉開了窗簾，好讓他趕緊走出去到比較陰暗的走道上。「我不是這個意思！」女服務生喊道。她跟著他走到走道上，但是接下來，當她把毛巾分送到其餘的房間，換成是布洛赫跟在她身後。在走道轉彎處，他們發現一堆用過的床單堆在地板上。布洛赫一閃，一個肥皂盒從女服務生手上那堆毛巾上掉下來。她在回家的路上需要用到手電筒嗎？布洛赫問。

女服務生紅著臉又直起身子，說她有個男朋友。旅館裡有雙層門的房間嗎？布洛赫問。「我的男朋友是木匠」，女服務生回答。布洛赫說他看過一部電影，片中有個旅館小偷被關在雙層門之間。「我們的房間裡從來沒有丟過東西！」女服務生說。

在樓下的餐廳裡他讀到，在那個售票小姐身旁發現了一枚小小的美國錢幣，一枚五分錢硬幣。認識那個售票小姐的人從未見過她和美國士兵在一起，而在這個季節，國內也幾乎沒有美國觀光客。另外，在一份報紙的邊緣發現了塗鴉，像是在談話時順手畫下的。這些塗鴉顯然不是出自那個售票小姐之手，警方正在調查這些塗鴉能否提供有關這位訪客的一些線索。

老闆走到桌前，把住宿登記表放在布洛赫面前，說這張表格一直都擺在布洛赫的房間裡。布洛赫填寫了表格。老闆站在稍遠處看著他。外面鋸木廠裡的電鋸正鋸上木頭。布洛赫聽著那個聲響，像是聽見某種被禁止的事。

按照邏輯，老闆本該拿著登記表走到櫃檯後面，但他卻拿著登記表走進隔壁房間，在裡面和他母親說話，如布洛赫所見；門開著，讓人預期他很快就會再走出來，但是他卻一直往下說，最後甚至把門關上了。接著出來的不是老闆，而是那位老太太。老闆沒有跟著她出來，而留在隔壁房間裡，並且拉開了窗簾，接著沒有關掉電視，而打開了電扇。

這時，女服務生從另外一側拿著吸塵器走進餐廳。布洛赫原本預期會看見她理所當然地帶著吸塵器走到街上，但她卻把機器插上插座，接著在桌椅下面推來推去。等到老闆又拉上了隔壁房間的窗簾，老闆的母親又回到房間裡，而老闆最後關掉了電扇，布洛赫覺得一切彷彿又恢復正常。

他向老闆詢問，這地方的人是否讀很多報紙。「只讀週報和畫報。」老闆回答。布洛赫提問時已經在往外走，用手肘按下門把，手臂因此夾在門和門把之間。「活該！」女服務生在他身後大聲說。布洛赫還聽見老闆問她這話是什麼意思。

他寫了幾張明信片，但沒有馬上投進郵筒。等到後來，已經出了鎮外，當他想把明信片塞進一個掛在籬笆上的郵箱，他看見這個郵箱要到明天才會再被清空。他所屬的球隊去南美洲巡迴比賽時，每到一個地方，就得寄風景明信片給各家報社，由全體球員簽名，從那以後布洛赫就習慣了在出門時寫明信片。

一個班級的學生經過；學童唱著歌，布洛赫把明信片扔進郵箱。卡片落進空空的郵箱，在裡面發出回聲。可是郵箱那麼小，根本不可能發出回聲。再說，布洛赫立刻就繼續往前走。

他越過田野走了一段時間。那種彷彿有顆被雨淋溼因而沉甸甸的球落在他頭上的感覺減輕了一些。森林在邊界附近展開。當他認出了邊境無人區另一邊的第一座瞭望塔，他就折返。在森林邊緣，他坐在一節樹幹上，旋即又站起來。然後又再坐下，點數他的錢。他抬頭看。地形雖然平坦，卻在靠他很近的地方隆起，彷彿要把他擠開。他在森林邊緣這邊，那邊有個變電箱，那邊有個牛奶攤，那邊是一片田野，那邊有幾個人影，那邊在森林邊緣是他。他安靜地坐著，安靜到他自己都不再注意到自己。後來他察覺田野上的人影是帶著狗的憲兵。

在一叢黑莓旁邊，布洛赫發現了一輛兒童腳踏車，一半已經沒入黑莓底下。他把腳踏車扶正。車座旋得很高，像是給成年人騎的。輪胎上扎了幾根黑莓刺，不過並沒有漏氣。一根雲杉樹枝卡在輪輻裡，使得輪子無法轉動。布洛赫扯動那根樹枝，讓腳踏車倒下，以為那幾個憲兵能夠從遠處看見腳踏車燈罩在陽光下的反光。但是憲兵已經帶著狗繼續前進。

布洛赫目送著那幾個身影走下一道斜坡，狗牌和無線對講機閃閃發光。這閃光是否在傳達什麼？是閃光信號嗎？漸漸地，閃光失去了這種意義：遠處，在公路轉彎處，汽車的燈罩閃閃發光，在布洛赫身旁，一面小鏡子的碎片閃閃發亮，小路上的雲母片也閃著微光。當布洛赫騎上腳踏車，碎石在車輪下面滑開。

他騎了一小段路。最後他把腳踏車倚著變電箱停放，繼續徒步前行。

他讀著用訂書針固定在牛奶攤旁的戲院海報，底下的其他海報已然殘破。布洛赫繼續走，看見一個打嗝的小伙子站在一間農舍的院子裡。在一個果園，他看見黃蜂飛來飛去。在一個十字路口，凋萎的花朵插在罐頭罐子裡。路旁的草地上躺著幾個香菸空盒。在緊閉的窗戶旁他看見百葉窗板的窗鉤垂掛著。經過一扇敞開的窗邊，他聞到腐屍的氣味。在酒館，老闆娘告訴他，對面房子裡昨天有人死了。

當布洛赫想走進廚房去找她，她在門裡朝他迎面走來，在他之前走進酒吧間。布洛赫趕過她，走向角落的一張桌子，但她已經在門邊一張桌旁坐下。當布洛赫想要開口說話，她搶先開了口。他想要她注意那個女服務生穿著健康鞋，但是老闆娘已經指著外面的馬路，一個憲兵正推著一輛兒童腳踏車經過。「這是那個啞巴學生的腳踏車！」她說。

女服務生手裡拿著畫報也過來了，他們一起往外看。布洛赫問起那個挖井的人是否又來報到了。老闆娘只聽見「報到」這個詞，開始談起士兵。布洛赫改說「回來」，老闆娘就說起那個啞巴學生。「他甚至沒辦法呼救！」女服務生說，其實她是念出了畫報裡一張圖片下方的說明文字。老闆娘說起一部電影，片中有鞋釘被攪在做蛋糕的麵團裡。布洛赫問起瞭望塔上的哨兵有沒有望遠鏡，說塔上有某件東西發出閃光。「從這裡根本看不見那些瞭望塔！」兩個女子其中一人答道。布洛赫看見她們臉上沾了烤蛋糕的麵粉，尤其是在眉毛和髮際。

他走出去到院子裡，可是沒有人跟隨他，於是他又走回來。他站到自動點唱機前，旁邊還留了個位置。女服務生這時坐在吧臺後面，她打破了一個玻璃杯。老闆娘聽見杯子打破的聲音，從廚房裡出來，但是沒有看向女服務生，而看向他。布洛赫轉動點唱機背後的旋鈕，把音量調小。然後，老闆娘還站在門邊，他又把音量轉大。老闆娘從他前面走過，穿過酒吧間，像是想把這地方巡視一遍。布洛赫問她得付多少租金給這間酒館的房東，也就是地主。聽見這個問題，赫妲停下腳步。女服務生把碎玻璃掃到畚箕上。布洛赫朝著赫妲走過去，老闆娘從他旁邊走進廚房。布洛赫跟在她後面。

由於一隻貓躺在第二張椅子上，他就站在她旁邊。她說起地主的兒子是她男友。布洛赫站到窗前，追問關於他的事。她說明地主的兒子在做什麼。沒人問了，她也繼續說。布洛赫在爐台邊上瞥見第二個大玻璃罐。偶爾他會說：哦？在門框上那件工裝褲裡他瞥見了第二把量尺。他打斷了她，問她從哪個數字開始數。她打住話，甚至停止了切掉蘋果核的動作。布洛赫說，最近他觀察到自己有個習慣，在數數時從「二」才開始數；例如今天上午他在過馬路時差點被車撞了，因為他以為距離第二輛車還有足夠的時間，根本沒把第一輛車算進去。老闆娘用一句俗話來回答。

布洛赫走向椅子，從後面把椅子抬起，於是貓跳了下來。他坐下來，但是把椅子從桌邊挪開。這樣做時，他撞到了後面的置物桌，一個啤酒瓶掉下來，滾到廚房的沙發底下。為什麼他老是坐下、站起、走開、閒晃、回來？老闆娘問。是想藉此嘲笑她嗎？布洛赫沒有回答，而從擺放削下來的蘋果皮和蘋果核的報紙上讀了一則笑話給她聽。由於從他的位置看過去，報紙是倒放的，他讀得結結巴巴，於是老闆娘俯身向前，替他往下讀。女服務生在外面笑了。裡面臥室裡有件東西掉到地上。在那之後沒再有第二個聲響。

先前也並未聽見聲響的布洛赫想去查看；但是老闆娘解釋，說她不久之前已經聽見小孩醒了；剛才小孩下了床，大概待會兒就會出來討一塊蛋糕。事實上，布洛赫接著卻聽見一種像是嗚咽的聲音。結果發現是孩子在睡夢中從床上摔下來，在床邊的地板上不知如何是好。在廚房裡，孩子說枕頭下面有幾隻蒼蠅。老闆娘向布洛赫解釋，說鄰家的小孩由於家中有人去世，在停棺期間都睡在她這兒，這些小孩習慣用橡皮圈去射牆壁上的蒼蠅，到了晚上就把掉在地板上的蒼蠅放到枕頭下。

等到幾件東西被塞進那小孩手裡——頭幾件還掉了下去——孩子才漸漸平靜下來。布洛赫看見女服務生舉著一隻凹成碗狀的手從臥室裡出來，把那幾隻死蒼蠅扔進垃圾桶。這不是他的錯，他說。他看見外面麵包店貨車停在隔壁房子的前面，看著司機把兩條麵包擱在門口台階上，下面是黑麵包，上面是白麵包。老闆娘叫小孩到門口去迎接送麵包的人；布洛赫聽見女服務生在吧臺沖洗雙手；他最近老是道歉，老闆娘說。真的嗎？布洛赫問。接著那孩子帶著兩條麵包回到廚房。他也看見女服務生在圍裙上把雙手擦了擦，一邊朝一個客人走過去。他想喝點什麼呢？誰？對方回答暫時什麼都不要。小孩關上了通往酒館的門。

「現在就只有我們兩個了」，赫妲說。布洛赫看著那個小孩站在窗前看著隔壁的房子。「小孩子不算」，她說。布洛赫把這話理解成她有話想對他說，但隨即察覺她的意思是他可以開口說話了。布洛赫想不出話說。他說了些猥褻的話。她立刻要孩子出去。他把手擱在她旁邊。她小聲斥責他。他粗魯地抓住她的手臂，但隨即又鬆開。在外面的馬路上他碰見那個小孩在用麥桿戳著屋牆的灰泥。

他從敞開的窗戶看進隔壁屋子裡，瞥見死者躺在停屍架上，旁邊已經擺著棺材。一個角落裡，一個婦人坐在矮凳上，把麵包放進裝著果子酒的壺裡蘸一蘸；桌子後面的長椅上，一個小伙子仰面躺著睡覺，肚子上臥著一隻貓。

當布洛赫走進那屋子，在玄關差點在一塊柴火上滑了一跤。農婦來到門邊，他走進去，和她聊天。小伙子坐了起來，但是沒有說話；貓跑出去了。「他一整夜都得守靈！」農婦說。說她早上發現那小伙子喝得很醉。她轉過身去面向死者祈禱，其間替花換了水。「事情發生得很快」，她說，「我們必須把孩子叫醒，要他趕緊跑到鎮上去。」可是那孩子甚至沒法告訴牧師發生了什麼事，所以喪鐘沒有敲響。布洛赫注意到屋裡已經升了火，因為一會兒之後爐中的柴火坍了下來。「再去拿點柴火來！」農婦說。小伙子左右兩手各拿著幾塊木柴回來了，往火爐邊一扔，揚起了灰塵。

他在桌旁坐下，農婦把柴火扔進火爐。「我們有個孩子被南瓜砸死了。」她說。窗前有兩個老婦人經過，向屋裡打招呼；布洛赫瞥見窗台上擺著一個黑色提包，是新買的，連塞在裡面的紙都尚未取出。「他忽然打起鼾來，然後就死了。」農婦說。

布洛赫能看進對面的酒館，已經西斜的太陽深深照進去，使得室內的下半部彷彿自己在發光，尤其是剛打過蠟的地板，還有椅腳、桌腳和人腿的整個表面。他瞥見地主的兒子在廚房裡，倚著門，雙手交叉在胸前，隔著一段距離在對老闆娘說話，她大概始終都還坐在桌旁。太陽愈往西沉，布洛赫就覺得這些畫面離得愈來愈遠。他無法看向別處；直到孩童在街上跑來跑去，才趕走了這個印象。接著一個小孩拿著一束花進來。農婦把花束插進一個水杯，再把杯子放在停屍架的腳端。小孩站著沒走。過了一會兒，農婦給了他一個硬幣，小孩才走了出去。

布洛赫聽見一個聲響，彷彿有人踩塌了地板，但只不過是爐中的柴火又坍了下來。等到布洛赫不再跟農婦聊天，小伙子就在長椅上躺平，又睡著了。稍後來了幾個婦人，數著念珠禱告。有人擦掉了食品行前面黑板上的粉筆字，改寫下：柳橙、焦糖、沙丁魚。屋裡的人小聲說話，屋外的孩童吵吵鬧鬧。一隻蝙蝠被困在窗簾裡；被叫聲吵醒，小伙子跳起來，立刻撲了過去，但是蝙蝠已經飛走了。

這是個誰都沒有興致點亮燈火的黃昏。只有對面的酒館被啟動的點唱機微微照亮，但是無人按下按鈕選擇唱片。旁邊的廚房已經一片昏暗。布洛赫受邀吃晚餐，和其他人同桌吃飯。

雖然窗戶此刻是關著的，屋裡有蚊子飛來飛去。一個小孩被派去酒館拿啤酒墊，拿來後放在水杯上面，免得蚊子掉進去。一個婦人察覺她項鍊上的墜子掉了。大家都開始找。布洛赫仍坐在桌旁。過了一會兒，他忽然渴望成為尋獲那個墜子的人，於是就加入了其他人。當他們沒有在屋裡找到墜子，就在外面的走道上繼續找。一把鐵鍬倒下來，更確切地說，是布洛赫在它完全倒下之前扶住了它。小伙子用一支手電筒照明，農婦拿來一盞煤油燈。布洛赫要了手電筒，走到外面的街道上。他彎著腰在碎石上走來走去，但是沒有人跟著他來。他聽見屋裡玄關有人大聲說墜子找到了。布洛赫不願意相信，繼續尋找。然後他聽見窗子後面又開始祈禱。他把手電筒從外面擱在窗台上，走開了。

回到鎮上，布洛赫坐進一間咖啡館，看著別人玩紙牌。他坐在一個玩家背後，和此人吵了起來。其他幾個玩家要求布洛赫離開。布洛赫走進後室。那裡正舉行一場幻燈片講座，布洛赫看了一陣子。演講內容是關於東南亞的修會醫院。布洛赫大聲插嘴，又和別人吵了起來。他轉身走了出去。

他考慮著是否該再走進去，但是想不出到時候他能說些什麼。他走進第二間咖啡館。在那裡他想叫店家把電扇關掉。另外燈光也太暗了，他說。當女服務生坐到他旁邊，過了一會兒，他作勢想要摟住她；她察覺他只是做做樣子，於是往後靠，在他還沒來得及表明他只是想做做樣子之前。布洛赫想要為自己辯解，真的伸出手臂摟住了女服務生，但是她已經站了起來。當布洛赫想要站起來，女服務生走開了。現在布洛赫得要假裝想跟在她後面，但是他做不到，於是他離開了這家店。

拂曉前他在旅館房間裡醒來。周圍的一切忽然令他難以忍受。他尋思，他之所以醒來，是否正是因為處在某個時間點，此刻是在拂曉之前，一切忽然變得難以忍受。他所躺的床墊凹陷了，衣櫥和五斗櫃遠遠地立在牆邊，上方的天花板高得令人難以忍受。在半明半暗的房間裡，在外面的走道上，尤其是在外面的街道上是如此安靜，使得布洛赫再也受不了了。他感到一股強烈的噁心，立刻就吐在洗手槽裡。他吐了好一陣子，卻沒有覺得比較輕鬆。他又躺回床上，沒有感到暈眩，反而看見所有的東西都處於一種令人難以忍受的平衡狀態。他探出窗外，俯視下面的街道，這也無濟於事。一塊帆布篷鋪在一輛停放著的汽車上靜止不動。在房間裡他瞥見牆上的兩根水管；它們是平行的，上方以天花板為界，下方以地板為界。他所見到的一切都以極度令人難以忍受的方式受到限制。作嘔並未使他振作，反而使他更加抑鬱。他覺得彷彿有個鑿子把他從他所看見的東西上鑿了下來，更準確地說，是四周的物品從他身上被掀掉了。衣櫥、洗手槽、旅行袋、門：這時他才注意到，他彷彿有強迫症，必須替每一件物品想出名稱。每當一件物品映入眼簾，名稱就立刻隨之在後。椅子、衣架、鑰匙。先前是如此安靜，不再有聲響能夠轉移他的注意；而由於一方面天色已亮，使他看見四周的物品，另一方面又如此安靜，沒有聲響來轉移他的注意，他把這些物品看成了它們自身的廣告。事實上，這種噁心就和他對某些廣告詞、流行歌曲旋律或國歌所感到的噁心相似，有時直到睡前他都會不由自主地跟著說，或跟著哼。他屏住呼吸，像在打嗝時會做的那樣，而在吸氣時，這種感覺就又回來。他又一次屏住呼吸。過了一會兒後有了效果，他睡著了。

第二天早晨，他根本就無法再想像這一切。餐廳已收拾整齊，一名稅務員在那些物品之間走來走去，讓老闆把價錢告訴他。老闆把咖啡機和冰櫃的收據拿給稅務員看；這兩個人在談論價錢，這使得布洛赫覺得自己在前一夜裡的情況更加可笑。他把翻過一遍的報紙擱在一邊，只還聽著稅務員和老闆為了一個冰淇淋櫃的價格起爭執。老闆的母親和女服務生也過來了，大家七嘴八舌。布洛赫也插話了，問起旅館裡一個房間的裝潢要花多少錢。老闆回答，那些家具是很便宜地向附近的農民買來的，那些農民若不是搬走了，就是徹底移居國外了。他向布洛赫說了一個價錢。布洛赫想知道分攤到室內裝潢每一件物品的價錢。老闆讓女服務生拿來房間的物品清單，說出他買進每一件物品的價錢，也說出他認為一個箱子或櫃子可以轉賣的價錢。之前一直在作筆記的稅務員沒有寫下來，而向女服務生要了一杯葡萄酒。布洛赫滿意了，想要走開。稅務員解釋，當他看見一件物品，例如一臺洗衣機，他立刻詢問其價格，等他再一次看到這件物品，例如同一型號的洗衣機，他不是從它的外觀特徵認出來，亦即不是從選擇洗程的按鍵認出一臺洗衣機，而一向是從那件物品（例如洗衣機）在他第一次看見時定價多少認出來的，亦即從它的價格。價格他當然記得很清楚，以這種方式他幾乎能認出每一件物品。如果那件物品一文不值呢？布洛赫問。沒有買賣價值的物品與他無關，稅務員回答，至少在職務上與他無關。

那個啞巴學生仍舊未被尋獲。雖然警方已經保管了那輛腳踏車，目前正在附近搜尋，但是並沒有聽見槍聲，槍聲若是響起，就可能表示有一名憲兵發現了什麼。不過，布洛赫後來去的理髮店，屏風後面吹風機的聲響太大了，使得他聽不見外面的聲音。他讓人剃掉後頸上的頭髮。理髮師洗手的時候，理髮小姐替布洛赫把衣領刷乾淨。這時吹風機被關掉了，他聽見屏風後面有紙張被翻動的聲音。「啪」的響了一聲，但只是一個髮捲在屏風後面掉進了一個鐵盆。

布洛赫問理髮小姐午休時間是否回家。小姐答道她不是本地人，說她每天上午搭火車過來，中午就在咖啡館坐坐，或是和女同事待在店裡。布洛赫問她是否每天都買來回票。小姐回答她搭車用的是週票。布洛赫馬上問道：「週票要多少錢？」但是小姐還沒回答，他就說這不關他的事。儘管如此，小姐還是說出了價錢。屏風後面的女同事說：「如果不關你的事，你為什麼要問？」布洛赫已經站了起來，在等待找錢的時候還讀了鏡子旁邊的價目表，然後走了出去。

他發現自己有個奇怪的癖好，想得知所有東西的價格。當他看見一間食品行的玻璃上用白色顏料寫著新到貨品及其價格，他鬆了一口氣。商店前，一個放水果的木箱裡的標價牌倒了。他把它扶正。這個動作就足以引人走出來，問他是否想買什麼。在另一家商店，有人用一件長洋裝來裝飾一把搖椅。一張價格標籤上面插著大頭針，擺在那件洋裝旁邊的搖椅上。布洛赫不確定那個價格指的是搖椅還是洋裝，其中之一想必是非賣品。他在那前面站了很久，直到又有人出來問他。他提出反問；對方回答他，說插著大頭針的價格標籤一定是從洋裝上掉下來了，不過事情應該很清楚，那張價格標籤不可能屬於那張搖椅；那張搖椅當然是私人財產。布洛赫說他只是問問罷了，說著已經又往前走。對方在他身後大聲告訴他哪裡可以買到同樣款式的搖椅。在咖啡館，布洛赫問起自動點唱機的價格。這機器不是他的，老闆說，只是借來的。他不是這個意思，布洛赫回答，他只是想知道價錢。直到老闆把價錢告訴了他，他才滿意。不過老闆說他不確定。布洛赫開始問起店裡其他的東西，老闆想必知道其價格，因為那些東西都是他的。老闆接著說起那座游泳池的興建費用遠遠超出預算。「超出多少？」布洛赫問。老闆不知道。布洛赫不耐煩起來。「那麼預算是多少呢？」布洛赫問。老闆還是說不上來。不過他說去年春天在一個更衣間裡發現了一名死者，想必在那兒躺了一整個冬天，腦袋塞在一個塑膠袋裡。死者是個吉普賽人。有一些吉普賽人在這一帶定居；他們曾經被關進集中營，後來因此獲得補償，用這筆錢在森林邊緣蓋了些小屋。「屋裡據說很乾淨。」老闆說。憲兵在尋找那名失蹤學生時盤問過那裡的居民，對於剛剛刷洗過的地板和室內的井井有條感到驚訝。不過，正是這份井井有條加重了嫌疑，老闆繼續說，因為那些吉普賽人肯定不會無緣無故地沖洗地板。布洛赫不放鬆，追問那筆補償金用來蓋那些小屋是否足夠。老闆說不出那筆補償的金額有多高。「當時的建材和人工還算便宜。」老闆說。布洛赫好奇地掀開黏在啤酒杯底下的帳單，接著從外套口袋裡掏出一塊石頭擺在桌上，問道：「這東西值錢嗎？」老闆並沒有把石頭拿起來，就回答這種石頭在這一帶到處都是。布洛赫沒有回應。於是老闆拿起石頭，讓它在手心滾動，再放回桌上。完了！布洛赫馬上把石頭塞回去。

在門口他遇到那兩位理髮小姐，邀請她們和他一起到另一家店去。第二位小姐表示那家店的點唱機裡沒有唱片。布洛赫問她這話是什麼意思。她回答，那家店點唱機裡的唱片不好。布洛赫走在前面，她們跟在後面。她們點了飲料，打開包好的麵包。布洛赫俯身向前，聊著天。她們拿出自己的證件給他看。他一摸到證件的套子，雙手立刻冒汗。她們問他是不是軍人。第二個小姐晚上和一個業務員有約，但是他們要四個人一起出去，因為兩個人沒話好說。「如果四個人一起，一會兒這個人說點什麼，接著另一個人說點什麼。互相說些笑話。」布洛赫不知道該怎麼回答。隔壁房間裡，一個小孩在地上爬。一條狗在小孩四周跳來跳去，舔他的臉。吧臺上的電話響了；鈴聲還在響的時候，布洛赫就沒去聆聽她們的談話。軍人通常都沒有錢，理髮小姐說。布洛赫沒有回答。當他看著她們的手，她們解釋，指甲是由於髮蠟才變得這麼黑。「塗上指甲油也沒有用，邊緣永遠都還是黑的。」布洛赫抬起頭來。「衣服我們都是買現成的。」「我們互相替對方做頭髮。」「夏天裡，我們到家的時候，天都已經亮了。」「我比較喜歡跳慢舞。」「搭車回家的時候，我們就沒說那麼多笑話了，那種時候會忘了說話。」她把所有的事都看得太認真，第一個理髮小姐說。昨天在去火車站的途中，她甚至還去看看那個失蹤的學生在不在果園裡。布洛赫沒有把證件還給她們，而只擺在她們面前的桌上，彷彿他根本沒有權利去看。他看著他指紋的水氣從透明護套上消失。當她們問他是做什麼的，他回答他曾是個足球守門員。他解釋，守門員的運動生涯可以比一般的足球員更長。「薩莫拉[4]的年紀就很大。」布洛赫說。作為回答，她們談起自己認識的足球員。當她們的鎮上有比賽，她們就會站在客隊球門的後面嘲笑那個守門員，使他緊張。她們說大多數的守門員都有O型腿。

布洛赫發現，每一次當他談起某件事，她們就用一個故事來回答，是她們自己對於他所提及之事或類似事物的經歷，或至少是她們聽來的相關故事。例如，布洛赫說起自己在當守門員時曾經肋骨骨折，她們就答道，幾天前在此地的鋸木廠有個工人從一堆木板上摔下來，也造成了肋骨骨折；當布洛赫提到他的嘴唇被縫合過好幾次，她們在回答時就說起電視上的一場拳擊比賽，拳擊手的眉際也裂開了；布洛赫敘述有一次他躍起撲球時撞到門柱，舌頭因此裂開，她們立刻答道那個啞巴學生也有根裂開的舌頭。

此外她們還說起一些他不可能知道的事，尤其是他不可能認識的人，彷彿他應該要認識、也應該要知情似的。瑪莉亞拿鱷魚皮製的皮包打了奧圖的腦袋。某個叔叔去到地下室，把阿弗瑞趕到院子

4 係指西班牙足球史上的傳奇門將薩莫拉（Ricardo Zamora Martínez, 1901-1978），如今西班牙足壇所頒發的年度最佳守門員獎就以他為名，稱之為「薩莫拉獎」。

裡，還用一根樺樹枝抽打義大利廚娘。艾德華讓她在岔路口下車，她只好在三更半夜走路回家；她穿過那片曾有兒童遭到殺害的森林，以免被瓦特和卡爾看見她走在外國人小徑上，最後她脫掉了弗里德里希先生送給她的舞鞋。布洛赫則會解釋他提到的每個名字。就連提到的物品他也會加以說明。說到維克多這個名字，布洛赫就會補充「我熟識的一個人」；當他敘述一次間接自由球，他不僅描述什麼是間接自由球，還向這兩位等待著他繼續往下說的理髮小姐說明了有關自由球的規則；甚至，當他提到裁判所判的一個角球，他覺得自己簡直有義務要向她們解釋這個「角」指的不是房間的角落。布洛赫說得愈久，就覺得他所說的話愈來愈不自然。漸漸地，他覺得每個字眼都需要解釋。他必須要控制自己，不要在一句話說到一半時卡住。有幾次，當他超前去想他正在說的一句話，他把話說錯了；如果理髮小姐所說的故事結局和他在聆聽時心裡所想的一樣，他就一時無法回答。只要他們還在熟稔地交談，他就愈發忘了周圍的環境，就連隔壁房間裡的小孩和狗都沒再看見；可是當他話說到一半卡住，無以為繼，最後搜尋著他還能說的句子，周圍的環境就又變得顯眼，而他到處都看到細節。終於他問道，阿弗瑞是否是她的男友，櫃子上是否總是擺著一根樺樹枝，弗里德里希先生是不是個業務員，外國人小徑是否是因為經過外國人所住的社區才有這個名稱。她們很樂意回答，漸漸地，布洛赫看見的不再是染淡的頭髮和又長出來的深色髮根，不再是頸邊的一個領針，不再是一片黑色的指甲，不再是刮淨的眉毛上的一顆青春痘，不再是咖啡館空椅上裂開的襯墊，而又察覺到輪廓、動作、人聲、呼喊和身影，一切合而為一。他也以一個冷靜而迅速的動作接住了忽然從桌上倒下的手提包。第一個理髮小姐請他咬一口她的麵包，當她把麵包遞給他，他理所當然地咬了下去。

在外面他聽說學校停課了，好讓全體學生都去尋找那個同學。但是他們只找到了幾件東西，除了一面碎裂的小鏡子，都和失蹤者沒有關係。據說那面小鏡子由其塑膠套被確認為那名啞巴學生所有。雖然在發現地點周圍格外仔細地搜尋，並未發現更進一步的線索。告訴布洛赫這些事的那名憲兵又說，自從失蹤日以來，有一個吉普賽人就行蹤不明。那個憲兵竟會在街道另一邊停下腳步，對他喊出這番話，這令布洛赫感到納悶。他反問是否搜索過游泳池。憲兵回答，游泳池被封鎖了，沒有人進得去，即使是吉普賽人。

在鎮外，布洛赫發現玉米田幾乎被踩平了，黃色的南瓜花從折斷的玉米桿之間露出來；在玉米田中央，始終照不到陽光，它們這時才開始綻放。馬路上到處都是折斷的玉米穗，有些被剝去外皮，被學生咬過，旁邊躺著從玉米穗上扯下的黑色玉米鬚。還在鎮上時，布洛赫就看見學童在等公車時用揉成一團的黑色細絲互相扔來扔去。玉米鬚很潮溼，每次布洛赫踩到一簇，就有水分流出來，並且吱吱作響，彷彿他走在泥濘的土地上。一隻被汽車輾過的鼬鼠差點將他絆倒，牠的舌頭長長地伸在嘴巴外面。布洛赫停下腳步，用鞋尖去碰那條流血發黑的細長舌頭：那舌頭又硬又僵。他用腳把鼬鼠推到路旁斜坡，繼續向前走。

在橋邊，他從馬路上拐彎，沿著小溪走向邊界。溪水似乎愈來愈深，至少水流愈來愈慢。兩岸的榛樹伸展到小溪上方，使人幾乎看不見水面。在遠處，一把長柄鐮刀在割草時沙沙作響。溪水流得愈慢，似乎就愈渾濁。在一個彎道前，溪水完全停止流動，變得完全不透明。在距離很遠的地方，聽得見一具拖拉機在噠噠行駛，彷彿它和這一切都沒有關係。一簇簇熟透發黑的接骨木果實垂掛在灌木叢之間。靜止不動的水面浮著小片油漬。

看得見偶爾有氣泡從水底浮起。榛樹枝的末稍已經垂入溪裡。此刻，外界的聲響無法再轉移注意。氣泡才要抵達水面，就又消失了。有個東西飛快地跳出來，根本看不清那是否是一條魚。

過了一會兒，當布洛赫忽然移動，水裡到處都有咕嚕咕嚕的聲音。他走上越過溪水的小橋，一動也不動地俯視水面。溪水如此平靜，落葉漂浮其上，朝上的那一面仍保持乾燥。

看得見水蜘蛛走來走去，無須抬頭就能看見上方有一群蚊子。溪水在一處微微泛起漣漪。又是「啪」的一聲，一條魚躍出水面。岸邊可見一隻蟾蜍坐在另一隻上面。一塊泥土從河岸脫落，水底又到處都是咕嚕咕嚕的聲音。發生在水面上的這些小事讓人覺得如此重要，當它們一再重複，使人在注視之時就已經憶起它們。水面上的落葉移動得如此緩慢，使人想要眼睛都不眨一下地去注視，直到兩眼灼痛，害怕眼睛一眨，就可能會把睫毛的眨動和落葉的移動弄混。在泥濘的水中，就連幾乎已經伸進水裡的樹枝也沒有倒影。

視線範圍之外有個東西開始干擾低頭凝視水面的布洛赫。他眨了眨眼睛，彷彿原因在於他的眼睛，但卻沒有看過去。漸漸地，那東西進入了他的視野。有一會兒他對它視而不見，彷彿他的全副意識就是個盲點。接著，就像在一部喜劇片裡有人順手打開了一個箱子，一邊繼續喋喋不休，然後才猛然打住，朝著箱子衝回去，他在下方的水裡瞥見了一個孩童的屍體。

他走回馬路上。在邊界前面矗立著最後幾間房屋的彎道上，一名憲兵騎著摩托車朝他迎面而來；先前布洛赫已經在道路轉彎處的廣角鏡裡看見他了；接著他果然在彎道上出現，直挺挺地坐在車上，戴著白手套，一隻手放在車把上，另一隻手擱在腹部；車輪被泥巴弄髒了，一片蘿蔔葉在輪輻裡飄動。憲兵的表情沒有透露出什麼。布洛赫目送著摩托車上那個身影的時間愈長，就愈覺得自己像是從一張報紙上緩緩抬起頭來，透過一扇窗戶看向戶外：憲兵離得愈來愈遠，跟他愈來愈沒有關係。布洛赫也注意到，當他目送著那個憲兵，有短短一刻，他把眼前所見只看成是另一件東西的比喻。憲兵從視線中消失，而布洛赫的注意力變得十分淺薄。在他隨後前往的那家邊境酒館，起初他沒有碰見任何人，雖然通往酒吧間的門開著。

他在那兒站了一會兒，然後再次把門打開，再從裡面仔細地把門關上。他在角落裡一張桌旁坐下，等待著，一邊把用來計算紙牌遊戲中贏牌次數的珠子推來推去。最後，他把插在兩排珠子之間的紙牌洗了洗，自己玩了起來。他玩得興起，一張紙牌掉到了桌下。他彎下腰，看見在另一張桌子底下蹲著老闆娘的小孩，前面圍了一圈椅子。布洛赫直起身子，繼續玩牌；紙牌磨損得厲害，以至於他覺得每一張牌都是膨脹的。他看進隔壁那棟屋子的房間裡，停屍架上已經空了，窗扇大大敞開。這時，孩童在外面街道上呼喊，桌下的小孩迅速把椅子推開，跑了出去。

女服務生從院子走進來。看見他坐在那裡，她說老闆娘到城堡去延長租約了，像是給他的回答。一個小伙子跟在女服務生身後，兩手各拖著滿滿一箱啤酒；儘管如此，他並沒有閉上嘴巴。布洛赫跟他說話，但是女服務生說他不該跟他說話，說他提著這麼重的東西沒法說話。小伙子看起來有點弱智，把箱子堆放在吧臺後面。女服務生對他說：「他又沒把灰燼倒進河裡而是倒在床上了嗎？他不再往山羊身上跳了嗎？他又把南瓜剖開，抹得滿臉都是了嗎？」她拿著一瓶啤酒站在門邊，但是他沒有回答。當她把酒瓶拿給他看，他朝她走過來。她把酒瓶遞給他，讓他出去。一隻貓衝進來，跳到半空中抓一隻蒼蠅，立刻把蒼蠅吃掉了。女服務生把門關上。門還開著的時候，布洛赫聽見隔壁海關檢查站的電話響起。

之後，布洛赫跟在那個小伙子後面走向城堡；他慢慢地走，因為不想超越他。他看著他用激動的手勢往上指著一棵梨樹，聽見他說：「蜂窩！」而乍看之下，他也以為真的看見樹上掛著一個蜂窩，直到他看了看另外幾棵樹，才看出只是樹幹的某幾處長得比較粗。他看見那個小伙子把酒瓶往樹冠上扔，彷彿想要證明那是個蜂窩。殘餘的啤酒噴濺在樹幹上，酒瓶落在草叢裡一堆爛梨子上，蒼蠅和馬蜂立刻從那堆梨子上嗡嗡飛起。布洛赫走在小伙子旁邊，聽見他說起昨天在溪裡洗澡時看見的「洗澡狂」，說那人的手指皺得很厲害，嘴巴前面有一大團泡沫。布洛赫問他會不會游泳，看見那個小伙子咧開嘴，猛點頭，卻聽到他說「不會」。布洛赫率先往前走，還聽見他在繼續說話，但沒有再回頭看。

在城堡前，他敲敲門房的窗戶。他走到離窗玻璃很近的地方，可以看進裡面。桌上擺著滿滿一盆李子。門房躺在沙發上，剛剛醒來，向他打了個手勢，布洛赫不知道該如何回應，就點點頭。門房拿了一把鑰匙走出來，打開了大門，但隨即又轉過身去，率先往前走。拿著一把鑰匙的門房！布洛赫心想；他又覺得他應該只用引申的意義來看待這一切。他察覺門房打算替他導覽這棟建築，想要澄清這個誤會，卻沒有機會，雖然門房幾乎沒有說話。他們穿過入口的門走進去，門上到處都釘著魚頭。布洛赫準備要開口解釋，但想必又錯過了適當的時機。他們已經走進去了。

在圖書室，門房從書本裡讀給他聽，從前的農民必須繳納多少收成給地主當作地租。布洛赫沒法在這個時候打斷他，因為門房正在翻譯一段拉丁文記載，講到一個抗命的農民。「他不得不離開農莊。」門房讀道，「一段時間之後，有人在森林裡發現他倒吊在一根樹枝上，頭在螞蟻堆裡。」租金簿很厚，門房必須用兩隻手才能闔上。布洛赫問這屋裡可有住人。門房回答，那些私人房間禁止進入。布洛赫聽見喀嚓一聲，但門房只是把那本書再鎖起來。「雲杉林裡的黑暗」，門房背誦著，「使他失去了理智。」窗前有個聲響，像是一顆沉甸甸的蘋果從枝頭脫落，但是卻沒有聽見落地的聲音。布洛赫看出窗外，看見地主的兒子在園子裡拿著一根長棍，一個邊緣有鋸齒的袋子固定在長棍末端，藉由那些鋸齒把蘋果扯進袋子裡，老闆娘則站在樹下的草地上，把圍裙拉起來張開。

隔壁房間裡掛著幾塊釘著蝴蝶標本的木板。門房攤開因製作標本而斑斑點點的雙手給他看。儘管如此，許多蝴蝶從釘住牠們的大頭針上掉了下來；布洛赫看見下方地板上的粉末。他走近一點，打量著仍被大頭針固定住的蝴蝶殘餘。當門房在他身後把門關上，在他視野之外的一塊木板上有東西掉下來，在墜落時就已經化為粉塵。布洛赫看見一隻天蠶蛾，似乎布滿了毛茸茸的綠色微光。他既沒有俯身向前，也沒有向後退。他讀著標本已空的大頭針下面的標籤。有些蛾蝶的形貌已經改變很多，只有靠著下面的名稱才認得出來。「客廳裡的一具屍體」，門房引用了一句，已經站在通往下一個房間的門裡。外面有人叫了起來，一顆蘋果落在地上。布洛赫看出窗外，看見一根少了蘋果的樹枝彈了回去。老闆娘把落在地上的蘋果放到那一堆受損的蘋果上。

稍後又來了一個外地的學生班級，門房中斷了導覽，又從頭開始。布洛赫利用這個機會離開了。

回到馬路上，他在郵政公車站旁的一張長椅上坐下，按照上面一塊黃銅牌子的說明，長椅由當地的儲蓄銀行所捐贈。那些房屋矗立在很遠的地方，彼此之間幾乎無法區分；當鐘聲響起，並無法清楚看出鐘塔裡的鐘。一架飛機從上空飛過，飛得那麼高，他看不見；飛機只發出一次閃光。長椅上，在他旁邊有一道乾掉的蝸牛爬痕。由於前一夜裡的露水，長椅下面的草還是溼的；一個香菸盒的玻璃紙包裝蒙上了水氣。在他左邊他看見……在他右邊是……在他後面他看見……他餓了，繼續前行。

回到酒館。布洛赫點了一份冷盤。女服務生用切麵包機切了麵包和香腸，把香腸薄片擺在盤子裡端來給他，擠了一點芥末在上面。布洛赫吃著，天已經黑了。外面有個小孩在玩遊戲時躲得太好，沒被找到。直到遊戲結束，布洛赫才看見他走在空蕩蕩的街上。他把盤子推開，也推開啤酒墊，推開鹽罐。

女服務生送小孩上床。稍後，小孩又回到酒吧間，穿著睡衣在眾人之間跑來跑去。偶爾有蛾子從地板上嗡嗡飛起。老闆娘回來之後，又把小孩抱回臥室。

窗簾拉上了，酒館客滿了。看得見有幾個小伙子站在吧臺旁，每次一笑，就往後退一步。旁邊站著幾個穿著氣球綢外套的女孩，好像她們馬上就要再離開。看得見其中一個小伙子說了些什麼，另外幾個小伙子愣了一下，才全都忽然大笑起來。坐著的人盡量貼著牆壁而坐。看見自動點唱機裡的機械手臂抓住一張唱片，看見唱針落在唱片上，聽見幾個在等待自己所選的唱片響起的人不再作聲；這無濟於事，什麼也改變不了。而看見女服務生疲倦地垂下手臂，手錶從開襟羊毛衫衣袖底下滑到手腕上，看見咖啡機的操縱桿緩緩上升，聽見有人在打開火柴盒之前先拿到耳邊搖一搖，這也改變不了什麼。看見早已喝乾的杯子一再被拿到嘴邊，看見女服務生試探性地拿起一個杯子，看她是否可以把杯子收走，看見那些小伙子開玩笑地互打耳光。全都無濟於事。直到有人喊著要付帳時，場面才又嚴肅起來。

布洛赫喝得相當醉。所有的東西似乎都在他的視野之外。他距離那些正在發生的事如此遙遠，乃至於他本身根本不再出現在他所見所聞之中。就像空中攝影！他想，當他看著牆壁上的鹿角和獸角。他覺得那些聲響就像是附帶的雜音，就像收音機轉播的禮拜儀式中有人咳嗽和清嗓子的聲音。

稍後，地主的兒子走進來。他穿著燈籠褲，把大衣緊挨著布洛赫掛起來，使得布洛赫不得不把身體歪向一邊。

老闆娘在地主兒子旁邊坐下，聽得見她坐著問他想喝點什麼，再大聲地轉告女服務生。有一會兒，布洛赫看見他們兩個用同一個杯子喝東西；每次那個小伙子說些什麼，老闆娘就從旁邊戳他一下；當她用手掌在那小伙子的臉上摸了一把，看得見他張嘴去咬那隻手，在上面舔一舔。然後老闆娘坐到另一桌去，在那裡撫摸一個小伙子的頭髮，繼續她做生意的習慣動作。地主的兒子又站了起來，在布洛赫身後伸手到大衣裡拿香菸。當布洛赫用搖頭來回答大衣是否礙著了他，他察覺他盯著同一個地方已經好一會兒了。布洛赫喊道：「買單！」而大家似乎又都暫時嚴肅起來。老闆娘正仰著頭打開一瓶葡萄酒，給站在吧臺後面洗杯子的女服務生打了個信號，女服務生把杯子擺在吸水的泡沫橡膠墊上，穿過圍著吧臺站立的那群小伙子，朝他走過來，用冷冷的手指掏出溼溼的硬幣找錢給他，他站起來，立刻把硬幣塞進口袋；這是個玩笑，布洛赫心想；也許他之所以覺得這個過程如此大費周章，是因為他喝醉了。

他站起來，朝門走去；他打開門，走出去——一切都很正常。

為了確定，他就這樣站了一會兒。偶爾有人走出來解決內急。其他剛到的人聽見自動點唱機的音樂，還在外面就跟著唱了起來。布洛赫走開了。

回鎮上，回旅館，回房間。一共九個字，布洛赫心想，鬆了一口氣。他聽見樓上浴缸裡的水被放掉，至少是聽見了咕嚕咕嚕的聲音，末了是喘息聲和咂嘴聲。

他想必尚未完全入睡就又醒來。在最初那一刻，他覺得彷彿脫離了自己的身體。他察覺自己躺在一張床上。無法搬運！布洛赫心想。一個腫瘤！他感覺到自己，彷彿他忽然變形了。他不再對勁；儘管他還安靜地躺著，但就只是裝腔作勢；他躺在那兒，過於怵目，過於刺眼，乃至於他想不出另一幅差堪比擬的畫面。像他這副樣子，他是種好色、猥褻、不成體統、徹底令人嫌惡的東西；埋了吧！布洛赫心想，禁止，攆走！他以為他在觸摸自己，摸得自己很不舒服，但隨即察覺那只是因為他如此強烈地意識到自己，使得這份意識如同全身表面的觸覺；彷彿意識和思緒變得具體，在侮辱他，毆打他。他躺在那兒，無法自衛，無力抵抗；身體內部被噁心地翻到外面；並不陌生，只是不同，令人作嘔。那是猛然發生的，猛然間他變得不正常了，從背景環境中硬生生被扯離。他躺在那兒，不可想像，又如此真實；無可比擬。他如此強烈地意識到自己，使他極度恐懼。他在冒汗。一枚硬幣掉在地板上，滾到床下；他凝神傾聽：這是個比喻嗎？接著他睡著了。

他又醒來。二、三、四，布洛赫開始數數。他的狀態沒有改變，但是他想必是在睡眠中習慣了這個狀態。他把掉到床下的硬幣塞進口袋，走下樓去。只要他小心留神並且偽裝自己，一個字眼就還是能自然地接上另一個字眼。一個下雨的十月天，一個清晨，一片布滿灰塵的窗玻璃：這招有效。他向老闆打招呼，老闆正把報紙放在架上，女服務生把托盤推進廚房和餐廳之間的遞菜窗口：這招仍然有效。只要他小心留意，事情就能一步步繼續下去：他在他一向所坐的那張桌旁坐下，翻開他每天都會翻閱的報紙；他讀著報上的短訊，說格爾妲・T遇害一案，警方正在追查一條重大線索，該線索指向南部地區；在死者公寓發現的那份報紙邊緣的塗鴉使得調查有了進展。一個句子引出了下一個句子。然後，然後，然後……可以暫且放心一陣子。

過了一會兒，雖然布洛赫其實仍然坐在餐廳裡，自顧自地數著外面街道上發生的事，他突然發現他想到一句話：「他就是閒得太久了。」由於布洛赫覺得這句話是個結語，他就倒回去想，他是怎麼想到這句話的。之前是什麼呢？對了！此刻他想起，之前他想的是：「這次射門出乎他意料，他讓球從他兩腿之間滾了過去。」

而在這句話之前，他想到的是球門後方那些令他心煩的攝影師。在這之前是：「有人在他身後停下腳步，但接下來只是吹口哨喊他的狗。」而在這句話之前呢？在這句話之前他想到一個女子，她在一個公園裡停下腳步，轉過身來，看著在他後面的某件東西，一個人只會那樣看著一個不聽話的小孩。在那之前呢？在那之前老闆說起那個啞巴學生，一個海關關員在距離邊境不遠處發現了他的屍體。而在那個學生之前，他想到的是在球門線前跳起來的那顆球。在想到球之前，他看見在街上賣東西的女人從矮凳上跳起來去追一個學生。而在那個賣東西的女人之前，是報紙上的一句話：「木匠師傅在追小偷時由於還繫著圍裙而受到了阻礙。」而他讀到報上這句話時，他正想到有一次打架，別人從後面把他的外套順著手臂拽下來。而他想起那次打架，是當他的脛骨撞到桌子而作痛的時候。在那之前呢？他想不起來是什麼使得他的脛骨撞上桌子。他在這個過程中尋找先前可能是怎麼回事的根據：是和動作有關嗎？還是和疼痛有關？還是和桌子與脛骨的聲響有關？但是無法再往前回溯了。然後他在面前的報紙上看見一扇房門的照片，由於門內躺著一具屍體，不得不把門撬開。就是從這扇房門開始的，他心想，直到他又想到「他就是閒得太久了」那句話。

有一段時間事情很順利；跟他說話的人嘴唇的動作和他所聽見他們說的話相符；房屋不單只有正面；沉重的麵粉袋從牛奶加工廠的裝卸平台上被拖進倉庫；如果有人在街道下端很遠處呼喊，那聲音聽起來就的確像是從街道下端傳來；走在對面人行道上的行人似乎並非有人付錢要他們從背景中走過；一隻眼睛下面貼著ＯＫ繃的小伙子真的有個血痂；雨水似乎不僅是在畫面的前景落下，而是在整個視線裡落下。接著，布洛赫發現自己站在一座教堂的前檐下。他想必是在開始下雨時穿過一條巷子來到這裡。

在教堂裡，他注意到這裡比他所想的要明亮。因此，當他在長椅上坐下，他得以觀看穹頂的壁畫。過了一會兒，他認出來了：這壁畫的照片就印在旅館各個房間內所擺放的宣傳單上。布洛赫先前塞了一張在口袋裡，因為那上面也簡略地畫出了小鎮及周圍的大小道路。他把宣傳單掏出來，讀到這幅畫的前景與背景是由不同的畫家繪製；據說另一個畫家還在繪製背景時，前景中的人物早已完成。布洛赫從宣傳單上抬起頭來仰望穹頂；那些人物令他感到無聊，因為他不認得他們，大概是些聖經故事裡的人物吧；儘管如此，當外面的雨愈下愈大，光是這樣仰望穹頂就很是愜意。那幅畫布滿了教堂的整個穹頂；背景是一片幾乎無雲、近乎單調的藍天，零星可見幾朵綿羊雲；在那些人物上方相當遠的地方畫了一隻鳥。布洛赫估算著那個畫家得要畫滿幾個平方公尺。要把藍色畫得這麼均勻難不難？那是一種很淡的藍色，想來必須要在顏料裡摻進白色才行。如果要摻進白色，是否得要注意別讓這個藍色調隨著每日作畫而改變？另一方面，那個藍色也並非完全均勻，而是在一筆當中就有變化。也就是說，無法單純只是在穹頂上塗上一層均勻的藍色，而必須真正地畫一幅畫？不是盲目地使用一支特大號畫筆，甚至是用一把掃帚，把顏料塗在作畫時必須仍然潮溼的灰泥上，就能使背景成為天空，布洛赫心想，而是畫家必須藉由藍色的細微變化真正畫出一片天空，但是這些變化又不能太明顯，以免讓人以為是調色時的疏忽。背景看起來之所以真的像是一片天空，也不是因為人們習慣把背景想成是天空，而是因為天空被一筆一筆塗了上去。

塗得那麼仔細，布洛赫心想，讓人覺得幾乎像是勾勒出來的；至少要比前景那些人物更仔細。他畫上那隻鳥是否是出於怒氣？而他是一開始就畫上了那隻鳥呢，還是在完成之後才加進去的？畫背景的畫家是否相當絕望？沒有跡象顯示出這一點，布洛赫也立刻就覺得這種解讀很可笑。他根本就覺得他研究這幅畫只是個藉口，他的走來走去、四處閒坐、出出進進都只不過是藉口。他站起來，自言自語：「不要轉移注意！」像是要反駁自己，他走出去，立刻過了馬路走進一棟樓的門廊，站在那裡直到雨停，挑釁地站在一堆空牛奶瓶旁邊，卻無人過來質問他，他走進一家咖啡館，在那裡坐了一會兒，伸直了雙腿，卻沒有人如他所願地被他絆倒然後和他打起架來。

當他向外望，他看見市集廣場上停著一輛校車的那一角；在咖啡館，他看見左右各一截牆面，有一個沒有生火的爐子，上面豎放著一束花，另一側有一個衣物架，掛著一支雨傘。他瞥見擺著自動點唱機的另一截牆面，一個光點在點唱機裡緩緩移動，然後停在被選擇的號碼上，旁邊是香菸自動販賣機，上面又是一束花；接著又是另一截牆面，連同站在吧臺後面的老闆，他替站在旁邊的女服務生打開一個瓶子，女服務生把瓶子放在托盤上；最後看見他自己的一截，看著他伸直雙腿，鞋頭又溼又髒，再加上桌上偌大的菸灰缸，旁邊是一個比較小的花瓶和鄰桌上斟滿的葡萄酒杯，那張桌旁此刻沒有坐人。這時他發現，在那輛校車開走之後，看向廣場的視角幾乎與那些風景明信片上的視角相符：這邊是噴泉旁邊那根黑死病紀念柱的一截，那邊在畫面邊緣是一排腳踏車停放架的一截。

布洛赫受到了刺激。在那些截圖之內，他看見那些細節清晰刺眼：彷彿他所看見的部分代表著整體。他又覺得那些細節像就像姓名牌。「霓虹字」，他心想。於是他把女服務生夾著一只耳環的耳朵視為她整個人的一個信號；而鄰桌上的手提包就代表著坐在桌後的女子，手提包微微打開，他看得出裡面有一條圓點頭巾，女子一手端著咖啡杯，另一隻手迅速翻閱著一本畫報，只偶爾在一張圖片上停留。吧臺上堆得高高的一疊冰淇淋杯就像是對老闆的比喻，而掛衣架下方地板上那一灘水就代表著上方的雨傘。布洛赫看見的不是顧客的腦袋，而是牆面上在頭部高度的髒污部位。他深受刺激，看著女服務生扯動那條骯髒的繩子，以關掉牆壁上的照明——外面又明亮起來了——彷彿牆壁上的全部照明是種過分的東西，專門衝著他來。他的頭也在痛，因為他冒雨而來。

刺眼的細節似乎污染了人物及其所屬的環境，並且使之完全走樣。抵抗的辦法是逐一描述這些細節，並且把這些描述當成罵人的話用在那些人物身上。不妨把吧臺後面的老闆叫做冰淇淋杯，也可以對女服務生說她是穿過耳垂的一根刺。同樣地，他想對那個看畫報的女子說：妳這個手提包！對鄰桌那個終於從後室裡出來的男子說：你這個長褲上的污垢！那人站著，一邊喝掉葡萄酒一邊付帳，此刻把空酒杯擱在桌上，走了出去。也不妨在他背後喊他是指紋、門把、大衣後衩、一灘雨水、腳踏車褲夾、擋泥板，諸如此類，直到這個人物在外面騎著腳踏車從畫面裡消失……就連眾人的談話也很刺耳，尤其是那些「是嗎？」「啊哈！」的呼喊，讓人想要大聲複誦，作為嘲弄。

布洛赫走進一家肉品店，買了兩個夾香腸的小麵包。他不想在旅館裡吃飯，因為錢漸漸不夠用了。他打量著並排掛在一根棍子上的香腸尖端，指了指，讓女店員知道該切哪一條香腸。一個小孩走進來，手裡拿了張紙條。女店員正在說，海關關員起初以為那個學生的屍體是個被沖上岸的床墊。她從紙盒裡拿出兩個小麵包，剖開，但沒有切斷。麵包已經放得太久，刀子切進去時，布洛赫聽見喀的一聲。女店員把小麵包掀開，把切片香腸夾進去。布洛赫說他不趕時間，她可以先招呼那個小孩。他看見那孩子默默地遞出紙條。女店員俯身向前讀著。等到她剁肉時，那塊肉從砧板上滑下來，掉在石板地上。「啪！」小孩說。那塊肉躺在那兒沒動。女店員把肉撿起來，用刀刃削掉一些，再包起來。布洛赫看見外面有學童撐著雨傘走路，雖然雨已經停了。他替那孩子開了門，看著女店員從香腸尖端撕掉腸衣，再把切片香腸夾進第二個小麵包裡。

生意不好，女店員說。「房屋都位在商店這一側的路邊，所以一來沒有人住在對面，不會有人從對面看見這裡有家商店；二來路過的人從來都不會走在馬路的另一側，所以經過時靠得太近，也看不見這裡有家商店，再說商店的櫥窗也沒比左鄰右舍的客廳窗戶大多少。」

布洛赫納悶路人不去走在馬路的另一側，那裡明明比較空曠，能照到更多陽光。大概是有沿著房屋行走的需要吧！他說。女店員笑了，彷彿她原本就只預期聽見一個笑話作為回答，先前她沒有聽懂他說的話，因為他一句話說到一半就厭惡起說話，就只能嘟嘟囔囔。而果然，當此刻有幾個人從櫥窗旁邊經過，店裡變得十分昏暗，使人覺得那是句笑話。

一來……二來……布洛赫複述著女店員先前所說的話；一個人開始說話時就已經知道自己在句子結束時要說些什麼，這讓他覺得可疑。接著他在外面一邊走一邊吃那兩個香腸麵包，把包麵包的油紙揉成一團準備扔掉。附近沒有字紙簍。有一會兒，他手裡拿著紙團，一下往這個方向走，一下往那個方向走。他把紙團塞進外套口袋，又拿出來，最後扔進籬笆裡的果園。有一群母雞立刻從四面八方跑過來，但是還沒有把紙團啄開就又跑回去了。

布洛赫看見前面有三個男子斜穿過馬路，兩人穿著制服，中間一人穿著黑色西裝，繫著領帶，由於有風，或是因為走得快，領帶往後翻起，掛在肩膀上。他看著憲兵把那個吉普賽人帶進憲兵隊。到門口之前他們是並排行走，看起來那個吉普賽人不受拘束地走在兩名憲兵之間，和他們交談；可是等其中一名憲兵推開了門，另一個憲兵就從後面輕輕碰了碰吉普賽人的手肘，並沒有抓住他。吉普賽人轉頭看向那個憲兵，友善地笑了笑；領結下面的襯衫領口是敞開的。布洛赫覺得吉普賽人彷彿深陷在陷阱中，因此在手臂被碰觸時，就只能無助而友善地看著憲兵。

布洛赫跟著他們走進那棟建築，郵局也在同一棟建築裡；有一瞬間他認為，如果別人看見他在大庭廣眾之下吃了一個香腸麵包，就不會想到他捲入了某件事。「捲入？」他根本不該認為他必須藉由某種行為來解釋他在吉普賽人被押走之時出現在此處，例如藉由吃香腸麵包。只有當他受到質問和指責時，他才能加以解釋；而且由於他必須避免去想他可能會受到質問，他就也不該想著要預先替這種情況想好解釋；根本不會有這種情況。也就是說，如果有人問他是否看著那個吉普賽人被押走，他無須否認，也無須佯稱自己因為在吃香腸麵包而沒有注意，而可以承認他是吉普賽人被押走的目擊者。「目擊者？」布洛赫打斷了自己，當他在郵局裡等待電話接通；「承認？」這些字眼跟那件對他來說毫無意義的事有什麼關係？它們豈非正好賦予了這件事他想要否認的意義？「否認？」布洛赫又打斷了自己。沒什麼好否認的。他必須要留心遣詞用字，小心這些字眼把他想要表達的意思變成了一種供詞。

他被叫進電話間。思緒還停留在要避免別人以為他想作出供詞，他發現自己用一條手帕裹住了聽筒的握把。他有點被弄糊塗了，把手帕塞回口袋。他的思緒是怎麼從粗心的言語想到手帕上的？他聽見他想要聯絡的朋友在週日那場重要比賽之前和隊友在訓練營裡集訓，無法以電話聯絡。布洛赫給了郵局女職員另一個號碼。她要求他先支付前一通電話的費用。布洛赫付了錢，然後坐在一張長椅上等待第二通電話。電話響了，他站起來。但那只不過是在傳送一封賀電。郵局女職員邊聽邊寫，再逐字確認。布洛赫走來走去。一個郵差回來了，在女職員面前大聲結算。布洛赫坐下來。此刻中午剛過，外面街道上沒有什麼能轉移他的注意。布洛赫不耐煩起來，但是沒有表現出來。他聽見郵差說起那個吉普賽人在海關檢查站的防空洞裡躲了好幾天。「這話誰都能說！」布洛赫說。郵差朝他轉過身來，啞口無言。布洛赫繼續說，郵差當成新聞來說的事，早在昨天、前天、大前天的報紙上就能讀到。說郵差所說的話不表示什麼，根本不表示什麼，完完全全不表示什麼。布洛赫還在說話，郵差就轉過身去背對著他，小聲地和郵局女職員交談，這種低語在布洛赫聽來就像外國影片裡那些反正沒打算讓人聽懂所以沒有翻譯的片段。布洛赫的意見沒能再傳達過去。頓時，他覺得自己偏偏是在郵局裡「不再能傳達過去」這件事不再是個事實，而是個差勁的笑話，就像他一向很討厭的那種文字遊戲，例如在體育記者筆下。先前郵差對吉普賽人的敘述就已經讓他覺得是種拙劣的一語雙關，是種笨拙的影射，那封賀電也一樣，所用的詞語是如此平常，實在不可能就是字面上的意思。而且不單是說出的話是一種影射，就連四周的物品也在向他暗示些什麼。「彷彿它們在向我眨眼，向我打暗號！」布洛赫心想。墨水瓶的蓋子緊挨著吸墨紙，而寫字檯上那張吸墨紙顯然是今天新鋪上的，乃至於上面只看得出少數印痕，這意味著什麼呢？還是說與其說「乃至於」，不如說「因此」更為正確？也就是說，因此看得出印痕？此刻郵局女職員拿起聽筒，一個字母一個字母地拼出那封賀電。她這樣做是在暗示什麼呢？當她口授「祝事事如意」時，背後的用意是什麼？「附上衷心的問候」：這是什麼意思？這些客套話代表什麼意義？「自豪的祖父母」是誰的假名？這天早上報紙上那則小廣告「你為什麼不打電話？」就立刻被布洛赫視為一個陷阱。

他覺得郵差和郵局女職員彷彿知情。「郵局女職員和郵差」，他自我糾正。此刻，在光天化日之下，他也染上了玩文字遊戲這種惹人厭的毛病。「在光天化日之下？」他一定是不知怎地想到了這個說法。他覺得這個說法很好笑，以一種令人不自在的方式。可是，那句話裡的其他字眼就比較不會令人不自在嗎？如果對自己說出「毛病」這個字眼，在重複幾次之後就只會引人發笑。「我染上了一種毛病」：可笑。「我病了」：一樣可笑。「郵局女職員和郵差」，「郵差和郵局女職員」，「郵局女職員和郵差」：就只是笑話一樁。你聽過郵差和郵局女職員的那個笑話嗎？「一切感覺上都像是個標題」，布洛赫心想：「賀電」，「墨水瓶蓋」，「地板上的吸墨紙屑」。掛著各式戳章的架子在他看來像是畫出來的。他久久注視著那個架子，卻想不出它有什麼地方好笑；另一方面，它想必有好笑之處：否則他為什麼會覺得它像是畫出來的？還是說，這又是個陷阱？這個物品的用途是讓他說錯話嗎？布洛赫看向別處，再看向別處，又看向別處。這個印臺讓你想起什麼嗎？看見這張填好的支票，你想到什麼？拉出抽屜讓你有什麼聯想？布洛赫覺得自己似乎應該逐一清點這個空間裡的所有物品，好讓那些他在清點時一時語塞或漏掉的物品能夠充當證據。郵差拍了拍他仍然斜背著的大背包。「郵差拍了拍背包，從身上取下」，布洛赫心想，一個字接一個字。「現在他把背包擺在桌上，走進包裹室。」他向自己描述這些過程，彷彿藉此他才能夠想像這些過程，就像電台播報員在向聽眾描述。過了一會兒，這方法奏效了。

他站住不動，因為電話響了。一如每一次電話響起，他認為自己在一瞬之前就已經知道。郵局女職員拿起聽筒，然後指指電話間。已經進了電話間，他自問是否有可能誤會了那個手勢，是否那個手勢根本不是打給任何人看的。他拿起聽筒，他的前妻報上了自己的前名，彷彿知道是他打來的，他請她以存局候領的方式寄點錢到郵局來給他。接下來是一陣異樣的沉默。布洛赫聽見一段不是講給他聽的低語。「你在哪裡？」女人問。布洛赫說他腳冷[5]，坐在乾地上[6]，然後笑了起來，彷彿有什麼事非常好笑。女人沒有回答。布洛赫又聽見一番低語。很困難，女人說。為什麼？布洛赫問。女人說她沒跟他說話。「我該把錢寄到哪裡？」布洛赫說如果

5 此係雙關語，kalte Füße haben 字面上的意思是腳冷，另外也有怯場之意。

6 這也是雙關語，auf dem trockenen sitzen 字面上的意思是坐在乾地上，另外也指陷入困境或經濟拮据。

她不幫他一把，他的褲袋很快就要見底。女人沉默不語。然後電話另一端的聽筒就掛上了。

「去年的雪」，布洛赫走出電話間時突然想到。那是什麼意思？的確他曾聽說，在邊境野生著十分濃密的矮樹林，在初夏之時都還會在樹林裡遇見殘雪。但是這並不是他這句話的意思。再說，矮樹林不是該去的地方。「不是該去的地方？」他這話是什麼意思？「就是我說的意思。」布洛赫心想。

他在儲蓄銀行兌換了帶在身上很久的那張一美元紙鈔。他也試圖兌換一張巴西紙鈔，但是儲蓄銀行不收購這種貨幣；再說也缺少兌換匯率。

布洛赫走進來時，銀行職員正在清點硬幣，包成一捲一捲，再用橡皮筋套住。布洛赫把那張紙鈔放上窗口。旁邊立著一座音樂鐘;再看了一眼,布洛赫才認出那是個慈善募款箱。銀行職員抬起頭來,但卻繼續數錢。布洛赫主動把紙鈔從玻璃板下面推過去。銀行職員把一捲一捲的硬幣在自己旁邊堆成一排。布洛赫彎下腰,把那張鈔票吹到銀行職員的桌上,銀行職員把紙鈔攤開,用掌緣撫平,再用指尖輕觸。布洛赫看見他的指尖很黑。另一個職員從後面辦公室裡走出來;為了能夠證明什麼,布洛赫心想。他請求把換得的硬幣——裡面連一張紙鈔也沒有——塞進一個小紙袋,同時把硬幣從玻璃板下面推回去。銀行職員把這些硬幣塞進一個小紙袋,就跟他先前把一捲一捲的硬幣堆起來沒有兩樣,再把小紙袋推過來給布洛赫。布洛赫想像,如果大家都要求把錢塞進小紙袋裡,長此以往可能會使儲蓄銀行破產;在採購所有其他東西時也不妨這麼做,包裝材料的損耗也許會逐漸迫使商家倒閉?總之,這番想像令人愉快。

布洛赫在一家文具行買了這個地區的徒步旅行地圖，請店家把地圖捲好，再買了一枝鉛筆，請店家把鉛筆塞進一個小紙袋。他拿著這捲東西繼續往前走，現在他覺得自己看起來比先前兩手空空時更加無害。

已經出了鎮外，在一處能夠環顧周圍地區的地方，他在一張長椅上坐下，拿著鉛筆比對地圖細部和眼前地景的細節。符號說明：圓圈代表闊葉林，三角形代表針葉林，如果從地圖上抬起頭來看，會驚訝地發現果然正確。那邊那一帶想必是沼澤地，那邊應該有個聖像柱，那邊應該有座跨越鐵道的天橋。如果沿著這條公路走，得在這裡越過一座橋，接著會走到一條產業道路上，再來得要走上一道陡坡，坡上可能已經站了人，因此得要從這條路拐彎，穿過這片原野，往這座森林走去，幸好是片針葉林，但是可能會有幾個人從森林裡迎面走來，因此得要突然改變方向，順著這個斜坡往下，朝這座農莊走去，得要經過這個工具棚，再沿著這條小溪走，必須在此處躍過小溪，因為可能會有一輛吉普車在這裡迎面駛來，接著以之字形越過一小塊農地，鑽過這片綠籬去到公路上，一輛卡車正好經過，攔下它，然後就安全了。布洛赫想到這裡頓住了。「當事情涉及一樁命案，思緒就會跳躍。」他曾在一部電影裡聽見有人這麼說。

當他在地圖上發現一個他沒在地景中找到的四角形，他鬆了一口氣：應該在那兒的一棟房子並不在那兒，地圖上在此處轉彎的公路實際上是筆直向前。布洛赫覺得這種不相符的情況可能對他有利。

他觀察著一片田野上一條狗朝著一個男子跑過去；接著他發現

他不再是觀察那條狗，而是觀察那個人，那人的動作就像是想要擋住別人的去路。現在他看見男子身後站著一個小孩；而他發現他不是在觀察男子和狗，如同一般人的習慣，而是在觀察那個遠遠看去似乎在動個不停的小孩；但他隨即發覺是那孩子的叫喊讓他誤以為他在動個不停。這時男子已經抓住了狗的項圈，於是男子、狗和小孩朝著一個方向繼續走。「這是做給誰看的呢？」布洛赫心想。

在他面前的土地上是另一幅景象：一群螞蟻朝著一塊麵包屑接近。他發現他觀察的又不是那群螞蟻，反倒是停在麵包屑上的那隻蒼蠅。

他所看見的一切的確引人注意。這些景象感覺上並不自然，而像是特別為了某人而製造出來的，具有某種用途。如果看著它們，它們就的的確確躍入眼簾。「就像驚嘆號。」布洛赫心想。就像命令！如果他閉上眼睛，過了一會兒之後再看過去，就覺得所有東西確實都改變了，看見的那截景象邊緣，似乎在閃爍、抖動。

布洛赫沒有真正站直，就從坐姿直接邁步走開。過了一會兒他停下來，接著立刻從站姿轉為奔跑。他快速出發，突然煞住，改變方向，規律奔跑，轉換步調，再次轉換步調，停住，此刻倒著跑，在倒著跑時轉身，繼續向前跑，再度轉身倒著跑，向後退，轉身向前跑，跑了幾步之後轉為全速奔跑，猛然停住，在路緣石上坐下，又從坐姿立刻向前跑。

等到他停下來，又再繼續向前走，那些景象似乎從邊緣開始變暗，最後整個黑掉了，除了中央的一個圓形。「就像電影裡有人透過望遠鏡看出去。」他心想。他用長褲抹掉腿上的汗水。他經過一個地窖，由於通往地窖的門半敞著，裡面的茶葉異樣地閃閃發亮。

「就像馬鈴薯。」布洛赫心想。

無庸置疑，他面前這棟房子是平房，百葉窗板緊緊扣住，屋瓦上長著青苔（也有這種字眼），門關著，上面寫著：國民學校，後面院子裡有人在劈柴，想來是學校的工友，沒錯，而在學校前面當然有一道綠籬，對，的確如此，什麼都沒少，就連陰暗教室裡黑板下面的板擦和旁邊的粉筆盒都沒少，就連外面窗戶下方牆壁上的半圓形也沒少，對此有一個符號說明，證明這是窗鉤的刮痕；簡直就是一切所見所聞都印證了地圖所述，一字不差。

教室裡煤炭箱的蓋子是掀開的，看得見箱裡煤鏟的柄（一個愚人節玩笑），另外還有寬木條地板，由於清洗過，縫隙裡還是溼的，別忘了還有牆壁上的地圖，黑板旁邊的洗手臺和窗台上的玉米葉：全都是拙劣的模仿！他不會中了這些愚人節玩笑的圈套。

彷彿他圈子愈兜愈大。先前他忘了門邊的避雷針，現在他覺得那避雷針像個關鍵詞。他應該要開始了。他想出辦法，經過學校走進後院，和柴房裡的工友交談。柴房、工友、院子：關鍵詞。他看著工友把一塊木柴放在柴墩上，看著他掄起斧頭。在這當中，他從院子裡說話，工友停下來，回答，等他朝那塊木柴劈下，尚未劈中，木柴就倒向一邊，結果他劈進了柴墩，揚起了灰塵。後面那堆尚未劈成小塊的木柴塌下來。又是個關鍵詞！但是接下來他就只是朝著昏暗的柴房裡問那個工友，是否所有的班級就只有這一間教室，而工友回答所有的班級就只有這一間教室。

難怪小孩子從學校畢業時連說話都沒學會，工友忽然說道，他把斧頭劈進柴墩，從柴房裡走出來：他們就連一句自己的話也說不完整，彼此之間幾乎只用單詞交談，沒人問的話就根本不說話，而他們所學的都只是死背硬記的東西，背熟了之後照本宣科，除此之外就說不出完整的句子。「其實所有的孩子或多或少都有語言障礙。」工友說。

這是什麼意思？工友這樣說的目的何在？這和他有什麼關係？毫無關係？是啊，那麼工友為什麼表現得好像這和他有關？

布洛赫應該要回答，但是他沒有答腔。一旦他開口，他就得繼續說下去。於是他還在院子裡轉了轉，幫忙工友撿拾劈柴時從柴房裡飛出來的木柴，然後悄悄地漸漸走回路上，得以不受阻礙地離去。

他經過運動場。那是下班後的時間，足球員在訓練。地面潮溼，球員一踢球，草地上就水珠四濺。布洛赫看了一陣子，天色漸暗，他繼續往前走。

他在火車站的餐廳吃了一塊煎肉餅，喝了幾杯啤酒。在外面的月台上，他在一張長椅上坐下。一個女孩穿著高跟鞋在碎石上走來走去。站務室裡電話響起。一名站務員站在門上抽菸。候車室裡有人走出來，隨即站定。站務室裡又響起鈴聲，聽見有人在大聲說話，像是在對著話筒說話。這時天已經黑了。

四周相當安靜。看得見這裡或那裡有人在抽菸。一個水龍頭被用力轉開，隨即又被關掉。彷彿有人被嚇了一跳！遠處在黑暗中有幾個人在交談，聽得見輕輕的聲音，就像在半睡半醒之中：Y、一。有人喊了一聲：哎喲！聽不出是男是女。聽得見有人在很遠的地方相當清楚地說：「你看起來累壞了！」也能清楚看見一個鐵路工人站在軌道之間搔著頭。布洛赫以為自己睡著了。

看得見一列火車進站。看著幾個人下車，他們彷彿不確定自己是否應該下車。最後一個醉漢下了車，使勁把門關上。看見站務員在月台上用手電筒打了個信號，火車又開動了。

布洛赫在候車室裡看著火車時刻表。今天不會再有火車經過。反正現在時間也晚了，可以去電影院了。

電影院的前廳裡已經坐了幾個人。布洛赫也坐下加入他們，電影票拿在手裡。人愈來愈多。聽見那許多聲響令人愉快。布洛赫走到放映廳前面，找了個位置排隊，然後進了放映廳。

電影中有人對一個坐在遠處營火旁、背對著他的男子開槍。什麼事也沒發生；那個男子沒有倒下，仍然坐著，甚至沒有去看是誰開的槍。一段時間過去，然後那個男子緩緩歪向一邊，躺下來不再動彈。都要怪這種舊槍，槍手對夥伴說：缺少穿透力。但事實上，那個男子先前坐在營火旁邊時就已經死了。

電影結束後，布洛赫和兩個小伙子乘車前往邊界。一塊石頭撞上車子的底盤，坐在後座的布洛赫又警醒起來。

由於剛好是發薪日，酒館裡已沒有空桌，他隨便找了張桌子坐下。老闆娘走過來，把手擱在他肩膀上。他懂了，於是替同桌的人都點了烈酒。

他把一張摺起來的紙鈔放在桌上，打算用來付帳。旁邊有人把紙鈔打開，說裡面可能還藏了另一張紙鈔。布洛赫說：那又怎樣？把紙鈔又摺起來。那個小伙子把紙鈔打開，把菸灰缸推過去壓在上面。布洛赫往菸灰缸裡一抓，由下往上把菸蒂扔在那傢伙臉上。有人從後面拖開他的椅子，使他滑到桌子底下。

布洛赫跳起來，同時已經用下臂擊中拖開他椅子的那傢伙胸口。那人倒向牆壁，大聲呻吟，因為他無法呼吸。兩個人把布洛赫的手臂扭到背後，把他推出門去。他甚至沒有倒下，只踉蹌了一下，隨即又跑進去。

他對著打開他鈔票的那個小伙子揮拳。有人從後面踢他，於是他和那個小伙子倒在桌上。在倒下時布洛赫就揍了他。

有人抓住他的腿，把他拖走。布洛赫踢中那人的肋骨，那人鬆手。另外幾個人抓住布洛赫，把他拖出去。在街上，他們用手肘夾緊他的脖子，把他拽過來拽過去。他們在海關檢查站前面停下來，把他的腦袋摁在門鈴上，然後走開了。

一個海關關員走出來，看見布洛赫站著，就又走進去。布洛赫追上那些傢伙，從後面撞倒了其中一個。另外幾個朝他撲過來。布洛赫閃開了，一頭撞上其中一人的肚子。從酒館裡又出來幾個人。有人把一件大衣罩在他頭上。他踢中那人的脛骨，但是另一個人已經把大衣的衣袖綁在一起，這下子他們迅速將他擊倒，走回酒館。

布洛赫掙脫了大衣，追上他們。其中一人停下腳步，但沒有轉身。布洛赫去撞他，那個小伙子立刻往前走，布洛赫撲倒在地。

過了一會兒，他站起來，走進酒館。他想說些什麼，但是當他移動舌頭，嘴裡起了血泡。他在一張桌旁坐下，用一根手指示意給他拿點喝的來。同桌的其他人沒有理他。女服務生給他端來一瓶啤酒，沒給杯子。他以為看見小蒼蠅在桌上爬來爬去，但那只是香菸的煙霧。

他沒有力氣用一隻手舉起啤酒瓶，於是用兩隻手夾緊瓶子，上身前傾，以免得把酒瓶舉得太高。他的耳朵異常敏銳，有一段時間，旁邊的紙牌不是落在桌上，而是啪地甩在桌上，吧臺邊的海綿不是掉進洗碗槽裡，而是噗通落下；老闆娘的小孩光腳穿著木屐不是從酒館裡走過，而是啪哷啪哷地穿過；葡萄酒不是緩緩注入酒杯，而是咕嘟咕嘟地倒進杯裡；點唱機不是在播放音樂，而是轟隆隆地響。

他聽見一個女子嚇得尖叫，但是一個女子的尖叫在酒館裡不具有意義；也就是說，那女子根本不可能嚇得尖叫。儘管如此，那聲尖叫還是使得他跳了起來，原因只在於那個聲音，那女子的叫聲是那麼尖銳。

漸漸地，其餘的細節也失去了意義：空啤酒瓶裡的泡沫對他來說不具有意義，就跟那個香菸盒一樣，旁邊一個小伙子把菸盒打開一點點，剛好足以讓他用指甲抽出一根菸來。鬆開的護壁板裡到處塞著的那些用過的火柴也不再令他傷腦筋，他也不再覺得窗框油灰裡的指甲印跟他有關。一切都令他無動於衷，一切都重新各就各位；像在太平歲月，布洛赫心想。不必再從點唱機上的松雞標本推測出什麼結論，睡在天花板上的蒼蠅也不再影射著什麼。

看見一個小伙子用手指梳理頭髮，看見一個女孩倒退著走去跳舞，看見幾個小伙子站起來扣上外套，聽見洗牌時的唰唰聲，但是沒必要在這些事情上再耽誤時間。

布洛赫累了。他愈是疲倦，就愈清晰地感知一切，區分一切。他看見每次有人走出去，門就一直開著，也一再看見有一個人站起來再去把門關上。他是如此疲倦，乃至於他看見一件件物品本身，尤其是輪廓，彷彿那些物品就只有輪廓。他直接看見、聽見一切，不像從前必須先把一切翻譯成詞語，或是根本就把一切都只當成詞語和文字遊戲來理解。他處於一種覺得一切都很自然的狀態。

稍後老闆娘坐到他身旁，而他伸出手臂摟住她，那麼理所當然，乃至於她似乎根本沒注意到。他投了幾個硬幣到點唱機裡，彷彿若無其事，立刻和老闆娘跳起舞來。他察覺，每次她對他說些什麼，都會順帶說出他的名字。

看見女服務生用一隻手握住另一隻手，他已經不覺得這有什麼；厚重的窗簾也不再有什麼特別，愈來愈多的人離開也是理所當然。安心地聽見他們在外面街上解決內急，再繼續往前走。

酒館裡安靜些了，因此點唱機裡的唱片播放得更加清晰。在唱片與唱片之間的空檔，眾人小聲交談，或是幾乎屏住呼吸，並且在下一張唱片響起時鬆了一口氣。布洛赫覺得彷彿可以把這些過程當成一再重複的事來談；例行日常，他心想，某種可以寫在風景明信片上的事。「晚上坐在小酒館裡聽唱片。」他愈來愈疲倦，外面有蘋果從樹上落下。

等到店裡除了他不再有別人，老闆娘走進廚房。布洛赫仍坐著，等到唱片播完。他把點唱機關掉，於是現在只有廚房裡還亮著燈。老闆娘坐在桌旁算帳。布洛赫朝她走過去，手裡拿著一個啤酒杯墊。當他從酒吧間踏進廚房，她抬起頭來；當他朝她走過去，她與他對望。他太晚才想到那個啤酒杯墊，想趁她看見之前趕緊藏起來，但是老闆娘已經把目光從他身上移到他手裡的啤酒杯墊，問他拿著杯墊做什麼，是否她在上面記著一筆尚未結清的酒帳。布洛赫扔掉杯墊，在老闆娘身旁坐下，不是一個動作接著一個動作，而是每個動作都有所遲疑。她繼續數錢，一邊和他說話，然後把錢收起來。布洛赫說他只是忘了啤酒杯墊還在手裡，說這並不意味著什麼。

她邀他和她一起吃點東西，把一塊砧板擺在他面前。少了刀子，他說，雖然她已經把刀子擺在木板旁邊。她說她得從花園裡收回晾曬的衣物，開始下雨了。沒有下雨，他糾正她，雨水只是從樹上落下，因為風有點大。可是她已經走出去了；由於她沒有關門，他看見果真下雨了。看見她回來，他對著她喊，說她掉了一件襯衫，但事實證明那只不過是塊地板抹布，先前就已經放在入口旁邊。當她在桌邊點燃一根蠟燭，他看見燭蠟滴在一個盤子上，因為她把蠟燭拿得略微傾斜。他說她應該要小心一點，燭蠟流到乾淨的盤子上了。但是她已經把蠟燭放在仍是液狀的燭蠟上，緊緊壓住，直到蠟燭自己站穩。「我先前不知道妳打算把蠟燭豎立在盤子上。」布洛赫說。她作勢要在一個根本沒擺椅子的地方坐下，於是布洛赫喊道：「小心！」但她卻只是蹲下去拾起一枚硬幣，是她先前數錢時掉到桌下的。當她走進臥室去看看小孩，他立刻問起她；

就連有一次她從桌邊走開，他也在她身後喊，問她要去哪裡。

她打開碗櫃上的收音機；看著她走來走去，同時從收音機裡傳出音樂，這是件愉快的事。如果在一部電影中有人打開收音機，節目會立刻被打斷，接著插播一道通緝令。

當他們坐在桌旁，他們交談。布洛赫覺得自己似乎沒有辦法說什麼正經的事。他說了些笑話，但是老闆娘把他所說的話全按字面理解。他說她襯衫的條紋就像足球球衣，還想再往下說，但她已經問他是否不喜歡她的襯衫，問他對她的襯衫有什麼意見。他竭力聲明那只是個玩笑，說這件襯衫甚至和她蒼白的皮膚十分相稱，但於事無補，她又問他是否覺得她的皮膚太過蒼白。他開玩笑地說，這間廚房布置得幾乎就像城市裡的廚房，而她問他為什麼說「幾乎」，是否城市裡的人把自己的東西維持得更乾淨？就連布洛赫拿地主的兒子來開玩笑（說他大概向她求婚了吧），她也按字面理解，說地主的兒子不是自由之身。於是他想打個比方來解釋他剛才那樣說不是認真的，但是她把這個比方也按字面理解。「我說這話沒有什麼意思。」一布洛赫說。「你說這話總有個理由吧？」一老闆娘回答。布洛赫笑了。老闆娘問他為什麼嘲笑她。

小孩在臥室裡喊叫。她走進去安撫孩子。等她回來，布洛赫站了起來。她站在他面前，看著他好一會兒，接著卻自顧自地說起話來。因為她站得靠他太近，他無法回答，於是向後退了一步。她沒有靠過來，卻閉嘴不說了。布洛赫想要摸摸她。等他終於伸出手，她別過頭去。布洛赫垂下了手，假裝自己開了個玩笑。老闆娘在桌子的另一側坐下，繼續說話。

他想說些什麼，卻想不起他想要說什麼。他試著回想：他想不起來是關於什麼事，但是和噁心有關。他所感知的動作和事物並未讓他回想起別的動作和事物，而是讓他回想起知覺和感受；而他回想起那些感受並不像是回想起某種已經過去的事，而是再次體驗到那些感受，就像某種發生在當下的事：他並非回想起羞恥和噁心，而是在此刻回想時感覺到羞恥和噁心，卻並未想起引發羞恥和噁心的事物。噁心和羞恥，兩者合一的感受是如此強烈，使他全身開始發癢。

外面有一件金屬敲在窗玻璃上。當他問起，老闆娘答道是避雷針的導線鬆脫了。先前在學校裡布洛赫就曾注意到一個避雷針，立刻把這個重複出現理解為蓄意；他接連兩次遇到避雷針，這不可能是巧合。他根本就覺得所有的東西都很相似，所有的事物都使他互相聯想。避雷針重複出現意味著什麼呢？他該從避雷針身上看出什麼？「避雷針」？這大概又是個文字遊戲？意思是他不會出事？還是說這暗示著他該向老闆娘全盤托出？而那邊木盤上的餅乾為什麼是魚的形狀？它們在影射什麼？是說他應該「像魚一樣沉默」嗎？他不該再往下說？木盤上的餅乾是在向他暗示這個嗎？彷彿他並非看見了這一切，而是在某處從一張行為準則布告上讀到的。

沒錯，那是行為準則。掛在水龍頭上的洗碗布在命令他什麼，此時已經清空的桌面上獨剩的啤酒瓶蓋也在要求他做些什麼。熟極而流：他在每個地方都看見要求：做這個，別做那個。一切都替他預先規定好了，放香料罐的架子，擺著一罐罐剛做好的果醬的架子……事情在重複。布洛赫察覺他已經好一會兒沒再自言自語；老闆娘站在洗碗槽旁，收集小碟子上剩下的麵包。他用過的東西都得有人替他收拾，她說，他取出餐具之後就連抽屜都不會關上，他翻閱過的書就那樣攤開擺著，他脫掉的外套就那樣扔下。

布洛赫回答，他真的覺得他必須扔下一切。例如，只差一點，他就會鬆手扔下手裡的菸灰缸；看見菸灰缸還在他手裡，他自己都感到納悶。他站起來，把菸灰缸舉在面前。老闆娘看著他。他看著菸灰缸一會兒，然後把它擺在一邊。彷彿為了比周圍重複出現的暗示搶先一步，布洛赫重複他所說的話。他是如此不知所措，於是他又再重複了一次。他看見老闆娘在洗碗槽上方抖動手臂，說有一塊蘋果掉進了她的衣袖，現在不肯出來了。不肯出來？布洛赫模仿她，也抖了抖衣袖。他覺得，如果他模仿一切，他就能省點力氣。但是她馬上注意到了，而她做給他看他是怎麼模仿她的。

這時她走到冰箱旁邊，冰箱上擺著一個蛋糕盒。布洛赫看著她，就在她仍在模仿他時，她從後面碰到那個蛋糕盒。由於他仍舊專注地看著她，她又用手肘向後推了一下。蛋糕盒滑動了，慢慢從冰箱的圓角邊緣翻倒下來。布洛赫本來還能夠把它接住，但是他看著它，直到它摔在地板上。

當老闆娘彎腰去撿那個盒子，他走來走去，走到哪裡停下來，就把面前的東西推進角落，一把椅子，爐灶上的一個打火機，廚房桌上的一個蛋杯。「沒事吧？」他問。他問她的問題是他想要她問他的問題。但是她還沒能夠回答，外面就有東西敲在窗玻璃上，避雷針的導線絕對不會這樣敲在玻璃上。這一點布洛赫在剎那之前就知道了。

老闆娘打開窗戶。外面站著一個海關關員，他為了要回鎮上的家而來借傘。布洛赫表示他可以一起走，讓老闆娘把掛在門框那件工裝褲底下的雨傘拿給他。他答應隔天會把傘送還。只要他還沒有把傘送還，就不會出什麼事。

在街上他把傘撐開，雨水立刻嘩啦啦地落下，以至於他沒有聽見她是否回答了他。海關關員沿著屋牆跑到傘下，他們走開了。

走了幾步之後，酒館裡熄了燈，四周變得一片漆黑，黑到布洛赫把手舉在眼前。在他們剛剛經過的圍牆後面，他聽見母牛在喘氣。有個東西從他身邊跑過去，路邊的落葉沙沙作響。「我差點踩到一隻刺蝟！」海關關員喊道。

布洛赫問他怎麼能在一片漆黑中看見刺蝟。海關關員回答：「這是我工作的一部分。只要看見一個動作或是聽見一個聲響，就必須有能力辨認出那個動作或聲響的來源。就連在視網膜最邊緣處移動的東西也得要辨識出來，是的，甚至有可能確認那東西的顏色，雖然原本只有在視網膜中央才能完全看見顏色。」這時他們已經把邊界旁邊的房舍拋在身後，走在溪畔的一條捷徑上。這條小路上撒了沙子，布洛赫習慣了黑暗，小路變得愈發明亮。

「當然，我們在這裡相當清閒，」海關關員說。「自從邊界上埋了地雷，就不再有人走私。所以漸漸沒那麼緊張了，我們變得倦怠，無法再集中精神。要是真的發生了什麼事，我們根本做不出反應。」

布洛赫看見有個東西朝他跑過來，於是站到海關關員後面。一條狗與他擦身而過。

「要是有人衝著我們過來，我們甚至不知道該怎麼抓住他。從一開始站的位置就不對，就算站對了，你也會指望旁邊的同事會逮住他，而同事則又指望你會逮住他——結果對方就溜掉了。」溜掉？布洛赫聽見身邊的海關關員在雨傘下吸了一口氣。

在他身後，沙子沙沙作響，他轉過身去，看見那條狗又回來了。他們繼續走，那條狗跟著跑，在他的膝蓋窩裡嗅著。布洛赫停下來，在溪邊折下一根榛樹枝，把狗趕走。

「如果和別人面對面站著，」海關關員繼續說，「就要看著對方的眼睛，這很重要。在他要跑走之前，眼睛會暗示出他要跑的方向。不過，同時也得觀察他的兩條腿。他用哪一條腿站著？重心所在的那條腿所指的方向就是他想跑的方向。可是，如果他想虛晃一招，不往那個方向跑，那麼他就必須在快要起跑之前把重心移到另一條腿上，這會使他損失很多時間，你就可以趁這個時候朝他撲過去。」

布洛赫低頭看向小溪，雖然聽得見溪水潺潺，卻看不見水流。一隻笨重的鳥從矮樹叢裡飛起。聽得見一群母雞在一個木棚裡用爪子扒地，從裡面啄著木板牆。

「其實沒有規則可循，」海關關員說。「你永遠處於劣勢，因為對方也在觀察你，看出你會怎麼回應。你永遠都只能見招拆招。而等他開始跑，他在跑了一步之後就會改變方向，而你自己卻把重心放錯腳了。」

這時他們又走在柏油路上，接近小鎮入口了。有時他們會踩到泡軟的鋸木屑，是被風雨吹到路上來的。布洛赫思索，海關關員之所以如此詳盡地述說用一句話就能說完的事，是否是因為他有言外之意。「他說的話是**背熟了**的！」布洛赫心想。為了測試，他也開始仔細述說平常只需要用一句話就能說完的事，可是海關關員似乎認為這很自然，還問他究竟想說什麼。這樣看來，海關關員先前所說的話完全是字面上的意思。

已經到了鎮上，一門舞蹈課的學員朝他們迎面而來。「舞蹈課」？這個字眼又在影射什麼？一個女孩從旁走過時在她的「手提包」裡找些什麼，另一個女孩穿著「長筒」靴。這些字眼是什麼東西的簡稱嗎？他聽見手提包在他身後被扣上，差點就把雨傘收起來作為回答。

他一路撐傘把海關關員送到公共住宅。「到目前為止，我都是租房子住，但是我在存錢買自己的房子。」海關關員說，已經站在樓梯間裡。布洛赫也進了樓梯間。他想不想一起上樓喝杯燒酒？布洛赫拒絕了，但仍舊站著沒動。海關關員還在樓梯上，燈光就又熄了。布洛赫倚著樓下那排信箱。外面，在相當高的地方有一架飛機飛過。「郵務飛機！」海關關員在黑暗中朝樓下喊道，同時按下電燈開關。樓梯間裡響起回聲，布洛赫快步走了出去。

在旅館裡他聽說有一個人數很多的旅行團抵達，被安排睡在保齡球室的行軍床上，所以那裡今天很安靜。布洛赫問告訴他這個消息的女服務生是否願意跟他一起上樓。她認真地回答今天不行。後來在房間裡，他聽見她沿著外面走道從他門口經過。由於下雨，房間裡很冷，使他覺得彷彿到處都有人撒上了潮溼的鋸木屑。他把雨傘放進洗手臺，傘尖朝前，然後和衣躺在床上。

布洛赫睏了。他做了幾個無力的手勢，想要使睡意顯得可笑，但反而變得更睏。他又想起白天裡他說過的一些話，試著用吐氣來擺脫。然後他感覺到自己漸漸入睡，就像一個段落即將結束，他想。

野雉飛過火焰，圍獵的人沿著玉米田走，旅館服務生站在置物間裡，用粉筆在他的公事包上寫上房號，一叢無葉的荊棘裡滿是燕子和蝸牛。

他漸漸醒來，察覺隔壁房間裡有人在大聲呼吸，察覺那呼吸的節奏在他半睡半醒之際組成了句子；他把吐氣聲聽成拉長的「Und」[7]，而悠長的吸氣聲則在他腦中轉換成接在「Und」後面的句子，前面有個破折號，符合吐氣與吸氣之間的停頓。士兵穿著尖頭外出鞋站在電影院前面，火柴盒被擱在香菸盒上，電視機上面擺著一個花瓶，載送沙土的卡車從公車旁駛過，揚起了灰塵，一個想搭便車的人在另一隻手裡拿著一串葡萄，門口有人在說：「請開門！」

「請開門！」最後這幾個字和隔壁的呼吸聲一點也不相稱，那呼吸聲此刻愈來愈清晰，那些句子則漸漸消失。此刻他完全清醒過來。

---

7 Und在德文裡是連接詞，相當於英文的and，發音近似吐氣聲。

又有人在敲門，說：「請開門！」他想必是因為雨停了而醒過來。

他迅速起身，床墊的一根彈簧彈回原位，女服務生站在門口，端著放早餐的托盤。他才說了他沒有訂早餐，她就已經道了歉，去敲對面房間的門。

又獨自在房間裡，他發現所有的東西都換了位置。他扭開水龍頭，一隻蒼蠅立刻從鏡子上掉進洗手盆，隨即被沖走。他在床上坐下：剛才那張椅子還在他右手邊，現在卻在他左手邊。那幅畫是左右顛倒嗎？他把那幅畫從左看到右，再從右看到左。他一再把視線從左移到右，覺得這就像在閱讀。他看見一個「櫥櫃」，「再來是」「一張」「小」「桌子」，「再來是」「一個」「字紙簍」，「再來是」「一面」「掛簾」；把視線從右移向左時，他則看見一張，旁邊是，下面是，旁邊是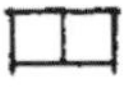，上面是他的；而當他環顧四周，

他看見了，旁邊是和。他坐在上，下面是一根，旁邊是一個。他走向：：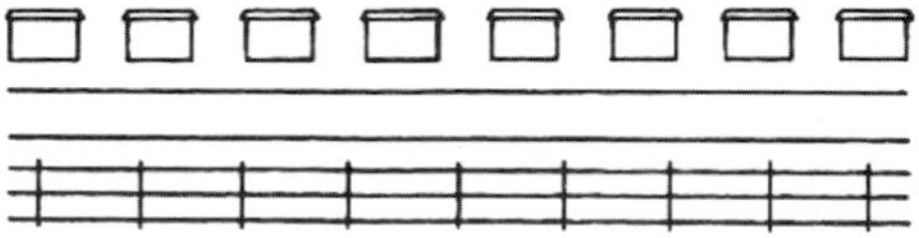，

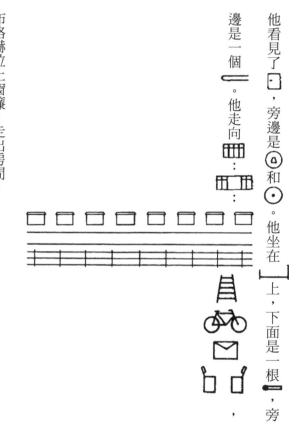

布洛赫拉上窗簾，走出房間。

樓下的餐廳被旅行團的人占用了。老闆帶布洛赫到隔壁房間

去，房間裡的窗簾是拉上的，老闆的母親坐在電視機前。老闆拉開窗簾，站到布洛赫旁邊；一會兒他看見他站在自己左邊，接著，等他再抬起頭來，情況卻相反。布洛赫點了早餐，還要了報紙。老闆答道，報紙正由旅行團的成員在看。布洛赫用手指觸摸自己的臉，臉頰似乎麻痺了。他覺得冷。蒼蠅在地板上爬，爬得那麼慢，起初他還以為是甲蟲。一隻蜜蜂從窗台上飛起，隨即又後退。外面有人在水窪之間跳來跳去，提著鼓鼓的購物袋。布洛赫把自己的整張臉都摸了一遍。

老闆端著托盤進來，說報紙一直都還有人在看。他說得很小聲，所以布洛赫也同樣小聲回答。「不急。」他輕聲說。此刻在日光下，電視機的屏幕顯出灰塵，窗戶映照在屏幕上，路過的學童透過窗戶往裡面看。布洛赫一邊吃，一邊聽那部影片。老闆的母親偶

那個旅行團已經出發了。那份報紙是週末版，太厚了，沒法放進報夾。

一輛汽車從他身旁駛過，他納悶那輛車沒開車燈，納悶得莫名其妙，因為天色其實很亮。沒有發生什麼特別的事。他看見果園中木箱裡的蘋果被倒進麻袋，超越他的一輛腳踏車在泥漿裡滑來滑去。他看見兩個農民在一家店門口握手；他們的手非常乾燥，乃至於他聽見握手時的摩擦聲。拖拉機留下的泥印從田間小路接到柏油路上。他看見一個老婦人彎著腰站在一個櫥窗前，一根手指壓在嘴唇上。商店前面的停車場比較空了，還上門來的顧客從後門進去。

8 在德文裡，stumm 這個字的第一個字母若是小寫就是形容詞，意思是「啞」或是「不作聲」。

「泡沫」「流下」「大門台階」。「羽絨被」「放在」「窗玻璃」「後面」。寫著價目的黑板被搬回店裡。「母雞」「啄起」「掉落的」「葡萄」。火雞笨重地蹲在果園的鐵絲籠裡。女學徒走出門外，雙手叉腰。在昏暗的商店裡，老闆安安靜靜地站在秤台後面。「櫃台上」「擺著」「酵母碎屑」。

布洛赫站在一面屋牆旁邊。當他旁邊一扇虛掩著的窗戶被打開，發出了一種怪異的聲響，他立刻繼續往前走。

布洛赫站在一棟新建築前面，裡面還沒有住人，但是窗玻璃已經裝上。裡面空蕩蕩的，從每一扇窗戶都能看見後方的景色。布洛赫覺得這房子彷彿是他自己蓋的。是他自己安裝了插座，甚至安裝了窗玻璃。就連窗台上的榫鑿、包點心的紙和點心盒都是他的。

他再看了一眼：不，電燈開關依然是電燈開關，屋後景色中的庭園椅依然是庭園椅。

他繼續往前走，因為——

他必須說明繼續往前走的理由嗎？為了——？

他的目的何在，如果——？他必須說明使用「如果」的理由嗎，藉由——？會一直這樣下去嗎，直到——？他已經到了這一步嗎，乃至於——？

為什麼有必要從他走在這裡這件事推斷出什麼結論？他有必要說明他停在這裡的理由嗎？如果他從游泳池旁走過，為什麼他必須要有什麼目的？

這些「於是」、「因為」和「為了」就像是規定，他決定避開它們，免得——

彷彿他旁邊有一扇虛掩的百葉窗被輕輕打開了。所有想得出、看得見的東西都已被佔用。使他受到驚嚇的不是一聲叫喊，而是出現在一串普通句子末尾的一個顛倒句。他覺得所有的東西都被改了名字。

商店已經打烊。貨架前面不再有人走來走去，東西看起來擺得太滿，沒有一個地方不是至少擺了一堆罐頭。收銀機上還懸著一張被撕掉一半的收據。商店裡擺得這麼擁擠，乃至於……

「商店裡擺得這麼擁擠，乃至於你沒法伸手去指某一件東西，因為……」「商店裡的東西這麼擁擠，乃至於你沒法伸手去指某一件東西，因為一件件東西遮住了彼此。」這時只有那些女學徒的腳踏車還停在停車場上。

午餐後，布洛赫到運動場去，遠遠地就聽見觀眾的叫喊。當他抵達，候補球員的熱身賽還在進行。他在球場較長一側的長椅上坐下，把報紙讀了一遍，一直讀到週末增刊。他聽見一個聲響，就像一塊肉掉在石板地上；他抬起頭來，看見那顆又溼又重的球被一個球員用頭頂開。

他站起來，走開。等他回來，主賽已經開始。長椅上坐滿了人，於是他沿著球場走到球門後面。他不想停在靠球門太近的地方，於是爬上通往馬路的斜坡，順著馬路走到角旗的位置。他覺得似乎有一顆鈕釦從外套上脫落，蹦到路上。他拾起鈕釦，塞進口袋。

他和某個站在他旁邊的人聊天，詢問是哪兩支隊伍在比賽，並且問起成績排名。在這種逆風的情況下，他們不該把球踢得這麼高，他說。

他發現旁邊那人的鞋子上有扣環。「我也不太懂。」那人答道。「我是業務員，只在這一帶停留幾天。」

「這些球員太喜歡叫喊，」布洛赫說。「一場好的球賽進行得很安靜。」

「這是因為沒有教練在場邊對他們喊，告訴他們該怎麼做。」那個業務員回答。布洛赫覺得他們好像在聊給第三者聽。

「在這種小球場，傳球時做決定要快。」他說。

他聽見啪的一聲，像是球擊中了球門門柱。布洛赫說起他曾有一次跟一支全體球員都打赤腳的球隊比賽，每一次他們踢中球，聽見那「啪」的一聲就令他難受。

「有一次我在體育場上看見一個球員折斷了腿，」業務員說。「骨折的聲音連站在最後一排的人都聽見了。」

布洛赫看見身旁有其他觀眾在交談。他沒有去觀察正在說話的人，而去觀察正在傾聽的人。他問那個業務員有沒有試過，在一波進攻時從一開始就不去觀察那些前鋒，而去觀察那個看著前鋒帶球攻過來的守門員。

「要把視線從球和前鋒身上移開，而去注意守門員，這是件很困難的事。」布洛赫說。「要把注意力硬生生地從球身上拉開，這完全違反自然。」不去看球，而看著守門員把雙手擱在大腿上，一會兒向前跑，一會兒向後退，把身體探向左邊，再探向右邊，並且對負責防守的球員大喊大叫。「通常只有在球已經射向球門時，大家才會注意到他。」

他們一起沿著球場邊線走。布洛赫聽見喘氣聲，像是邊線裁判從他們身邊跑過去。「看著守門員跑來跑去，球不在他那兒，但是他在等著球過來，那一幕看起來很滑稽。」他說。

業務員答道，他沒辦法長時間看著守門員，而會不自覺地又把視線移回前鋒身上。如果要看著守門員，你會覺得自己好像得要斜著眼看。那就好比看著一個人朝一扇門走去，不去看著那個人，而看著那個門把。這樣做會使人頭疼，無法再正常呼吸。

「你會習慣的。」布洛赫說，「但是那很可笑。」

裁判判罰十二碼球。所有的觀眾都跑到球門後面。

「守門員盤算著對方會射向哪個角落。」布洛赫說。「如果他認識射門的球員，就知道對方通常會選擇射向哪個角落。但是，負責踢十二碼球的球員很可能也料到了守門員會這樣想。於是守門員繼續思考，想著今天對方會把球改踢向另一個角落。可是，如果負責射門的球員也跟著守門員一起思考，於是仍然打算射向平常那個角落的話呢？就這樣沒完沒了。」

布洛赫看見所有的球員都陸陸續續走出禁區。負責踢十二碼球的球員把球擺好，然後也倒退著走出禁區。

「射門球員一旦起跑，在球即將被射出之前，守門員就會不自覺地用身體暗示出他會朝哪個方向撲出去，而射門球員就能好整以暇地往另一個方向踢。」布洛赫說。「守門員的無奈就好比試圖用一根麥桿來撬開一扇門。」

射門球員忽然起跑。身穿豔黃套頭衫的守門員仍然不動如山，然後負責罰球的球員把球踢進了他手裡。

彼得・漢德克 年表

一九四二年

十二月六日出生於奧地利的小鎮格里芬。其生父埃里希・舍內曼（Erich Schönemann）為德國人，在銀行任職，從軍後與漢德克母親相識，但當時舍內曼已婚，這段戀情終究未果，漢德克直至成年後才與生父相認。母親瑪麗亞（Maria）為斯洛維尼亞人，在漢德克出生前嫁給了國防軍士兵布魯諾・漢德克（Bruno Handke）。

一九四四——四八年

全家人住在蘇聯占領的東柏林區——潘科。母親瑪麗亞在此又生下兩個孩子，不久一家人搬回了漢德克的故鄉格里芬。期間父親開始酗酒。

一九五四年

漢德克在坦岑貝格城堡（Tanzenberg Castle）上天主主教寄宿學校，於校刊發表了第一篇文章。

一九五九年

移居克拉根福（Klagenfurt）就讀高中。

一九六一年

於格拉茨大學攻讀法律，並為前衛文學雜誌《手稿》（*Manuskripte*）撰稿。

一九六三年

完成第一部長篇小說《大黃蜂》（*Die Hornissen*），並於一九六六年出版。

一九六五年

漢德克放棄大學學業。

一九六六年

在美國參加「47團」（Gruppe 47）於普林斯頓的文學會議。同年，發表《冒犯觀眾》（*Publikumsbeschimpfung*），引發矚目與爭議。

一九六七年

發表第二部劇作《卡斯帕》（*Kaspar*），並與演員莉普嘉特・史瓦茲（Libgart Schwarz）結婚。

一九六九年

成為作家出版社（Verlag der Autoren）的聯合創始人之一。以嶄新的方式經營，帶動新劇院的發展，成為劇本與廣播劇之間的重要協調角色，同時出版、代理多種作品。同年，女兒阿米娜（Amina）出生。

一九七〇年

出版《守門員的焦慮》（*Die Angst des Tormanns beim Elfmeter*）。

一九七一年

母親瑪麗亞·漢德克自殺。

一九七二年

首次與文·溫德斯合作，將《守門員的焦慮》改編成同名電影，兩人成為好友。同年，出版小說《夢外之悲》

（*Wunschloses Ungluck*）。

一九七三年

三十一歲時榮獲德語最重要的文學獎——格奧爾格·畢希納獎。同年與他人共同創辦奧地利作家協會（Grazer Autorenversammlung），一九七七年成為會員。

一九七五年

出版小說《真情時刻》（Die Stunde der wahren Empfindung）。與文·溫德斯合作的電影《歧路》（*Falsche Bewegung*）上映。

一九七六年

出版小說《左撇子的女人》（*Die linkshändige Frau*）。

一九七八年

由漢德克執導的《左撇子的女人》電影上映，入圍坎城最佳影片。

一九七九年

出版小說《緩慢的歸鄉》（*Langsame Heimkehr*）。

一九八三年

出版小說《痛苦的中國人》（*Der Chinese des Schmerzes*）。

一九八六年

出版小說《去往第九王國》（*Die Wiederholung*）。

一九八七年

獲得威尼斯國際文學獎（Vilenica International Literary Prize）。

同年與文・溫德斯合作的電影《慾望之翼》（*Der Himmel über Berlin*）上映，漢德克參與了該片劇本創作。

一九九一年

定居法國沙維爾。

一九九二年

發表劇作《我們彼此一無所知的時刻》（*Die Stunde, da wir nichts voneinander wußten*）。漢德克執導的電影《缺席》（*The Absence*）上映，此部電影改編自他的中篇小說，並於第四十九屆威尼斯國際電影節播映。同年，與演員蘇菲・瑟敏所生的女兒萊卡迪（Léocadie）出生。

一九九四年

與莉普嘉特・史瓦茲離婚。出版小說《我在無人區的一年》（*Mein Jahr in der Niemandsbucht. Ein Märchen aus den neuen Zeiten*）。

一九九五年

與演員蘇菲・瑟敏（Sophie Semin）結婚。

一九九六年

漢德克造訪塞爾維亞的遊記《河流之旅：塞爾維亞的正義》（*Eine winterliche Reise zu denFlüssenDonau*）出版，其中將塞爾維亞在戰爭中的角色定位為受害者，引發爭議與撻伐，但漢德克也指控西方媒體曲解了戰爭的前因與後果。

一九九七年

出版小說《在漆黑的夜晚，我離開了我安靜的房子》（*In einer dunklen Nacht ging ich aus meinem stillen Haus*）。

一九九八年

與文・溫德斯合作的電影《天使之城》（*City of Angels*）上映。

一九九九年

春天，北大西洋公約組織轟炸南斯拉夫前首都貝爾勒格，為抗議此事，漢德克將畢希納獎所獲得的獎金全數退回。

二〇〇二年

榮獲美國文學獎（America Award in Literature），該獎為美國頒給國際作家的終身成就獎項。

二〇〇四年

諾貝爾文學獎獲獎者耶利內克（Elfriede Jelinek），盛讚漢德克為「活著的經典」。

二〇〇六年

因參加前塞爾維亞總統斯洛波丹・米洛塞維奇的葬禮而再度遭到撻伐。同年，原預定頒發給漢德克的海涅獎（Heinrich Heine

Prize），遭漢德克拒絕，該年獲獎人因而從缺。

二〇〇八年

獲得巴伐利亞美術學院文學獎。（二〇一〇年後與托瑪斯・曼獎合併）

二〇〇九年

榮獲卡夫卡獎。

二〇一一年

出版小說《大秋天》（*Der Grosse Fall*）。

二〇一二年

獲頒米爾海姆（Mülheimer）戲劇獎。

二〇一三年

漢德克接受塞爾維亞總統所頒發的勳章。

二〇一四年

獲國際易卜生獎。同年，漢德克呼籲 廢除諾貝爾文學獎，並戲稱其「馬戲團」。

二〇一六年

與文．溫德斯合作的電影《阿蘭胡埃斯的美好日子》（*Les Beaux Jours d'Aranjuez*）上映。同年，漢德克紀錄片《彼得漢德克：我在森林，晚一點到》（*Peter Handke: In the Woods, Might Be Late*）上映。

二〇一七年

出版小說《水果賊》（*Die Obstdiebin oder Einfache Fahrt ins Landesinnere*）。

二〇一八年

獲得奧地利的雀巢劇院終身成就獎（Nestroy Theatre Prize）。

二〇一九年

獲頒第一百一十二屆諾貝爾文學獎。

二〇二〇年

出版最新作品《第二把劍》（*Das zweite Schwert*）。獲頒塞爾維亞卡拉奧雷星勳章（Order of Kara or e’s Star）。

國家圖書館出版品預行編目

守門員的焦慮 / 彼得 . 漢德克作 ; 姬健梅譯 . -- 初版 . -- 新北市 : 木馬文化出版 : 遠足文化發行 , 2020.09
面 ; 公分. -- (木馬文學 ; 149)
譯自 : Die Angst des Tormanns beim Elfmeter
ISBN 978-986-359-826-8(精裝)
882.257 109010882

木馬文學149

守門員的焦慮

Die Angst des Tormanns beim Elfmeter

作者 彼得・漢德克
譯者 姬健梅
社長 陳蕙慧
副總編輯 戴偉傑
責任編輯 鄭琬融
行銷企劃 陳雅雯、尹子麟、洪啟軒
排版 宸遠彩藝有限公司

讀書共和國出版集團社長 郭重興
發行人兼出版總監 曾大福
印務 黃禮賢、李孟儒
出版 木馬文化事業股份有限公司
發行 遠足文化事業股份有限公司
地址 231 新北市新店區民權路 108-2 號 9 樓
電話 (02)2218-1417
傳真 (02)2218-0727
Email service@bookrep.com.tw
郵撥帳號 19588272 木馬文化事業股份有限公司
客服專線 0800-221-029
法律顧問 華洋國際專利商標事務所　蘇文生律師
印刷 前進彩藝有限公司

初版一刷 2020 年 9 月
定價 380 元

ISBN：978-986-359-826-8